新・増補新版

子供より古書が大事と思いたい

鹿島茂

青土社

子供より古書が大事と思いたい

L'EMPIRE DES LÉGUMES
A. VARIN
LES PAPILLONS

子供より古書が大事と思いたい＊目次

『パリの悪魔』より

はじめに＊古書蒐集癖、あるいはパリの悪魔

一昔前にグループ・サウンズの一員として活躍し、現在ではワイド・ショーなどの司会をしている関西弁のタレントがいるが、数年前、このタレントが妻に三下り半をつきつけられて離婚においこまれたという話が女性週刊誌に出ていた。その妻の談話というのはおおよそ次のようなものだった。

「あの人はケチを売り物にしていますけれど、本当はひどい浪費家なんです。でも、それが外車を買うとかいうのなら、あの人が稼いだお金ですから私だって文句はいいません。私が我慢できないのは、あの人が、永井荷風だかなんだか知りませんけれど、汚らしい古

本に何十万円も、ひどいときには何百万円も使っていることです。これだけはどうしても理解できません」

私はこの記事を医者の待合い室で読んで、ＳＫという私と同じイニシャルのこのタレントがいっぺんで好きになってしまった。テレビ業界などというおよそインテリジェンスとは無縁の世界にこのような高級な趣味人がいるとは大変な驚きだった。しかし、このとき、意外なところに同好の士を見いだした喜びを感ずるいっぽうで、これは家庭崩壊をくい止めるためにぜひ他山の石としなければならない話だなと強い危機感を覚えたのを記憶している。高額所得者のタレントですらこの有り様なのだから、薄給の大学教師においてをや、というわけである。だが結局、この自戒は実行されることなく今日にいたっている。そして……（後記。ＳＫは離婚時の借金が遠因となってその後、自己破産に追い込まれた）

冗談はさておいても、愛書趣味というのは、ことほどさように、だれからも理解されず、健全な世間の常識からは疎《うと》まれ蔑《さげす》まれ、家族からは強い迫害を受ける病なのだが、この病の特徴は病人がいささかも治りたがっていないというところに特徴がある。治りたがらない病人ほど始末に悪いものはない。さらに、この病は、財政的に完全にお手上げになって、もうこれ以上は一冊も買えないというところまで行き着かないと、治癒の見通しがつかないという点で、麻薬中毒やアル中などの依存症にも一脈通じるところがある。ところで、以前『いとしのシバよ帰れ』というアメリカ映画で見たのだが、こうした依存症の治療法のひとつに告白療法というのがあるそうだ。つまり、いかにして自分が依存症に陥ったのか、その過程を客観的に自分で分析してそれを医者や他の患者の前で告白することにより、逆に治療への意志を強めるというものである。

ならば、いっそ、この場を借りて、私もひとつこの告白療法とやらをやってみるのはどうだろうか。なぜなら、財政的にはもう一冊も買えないどころか、すべての本を売り払いでもしないかぎり現在の借金地獄から抜け出せそうもないことがわかっている状態なのに、フランスから古書店のカタログが届くと、すぐに手が条件反射的に動いてファックスのボタンを押そうとするほど症状が悪化しているのだから。

洋古書地獄、私がこれに陥ったのは、それほど昔のことではない。かれこれ、十五年ほど前のことである。それまでの十五年間は同じ地獄でも映画地獄のほうだった。しかし、就職、結婚、子供の誕生、というように映画にとっての天敵ともいえるような環境が順次整うにしたがって、映画地獄からはようやく脱出することができた。安定した世間並の生活が二年ほど続いた。しかし、人生好事魔多しというが、そんなある日、私は当時翻訳していたルイ・シュヴァリエの『歓楽と犯罪のモンマルトル』に出てくる固有名詞を調べる必要から神田のT書店にたちよったところ、そこで十九世紀フランスのロマンチック本というジャンルの挿絵本と遭遇してたちまちその魅力にとりつかれてしまったのである。

もともと、このT書店は神田近くの大学の仏文科の教師や学生を相手に、フランス文学の研究書や全集を扱っている店だった。ところが、大手の大学が神田から郊外に移転し、また学生も教師も古い研究書を買わなくなってしまったので、その時、多少目先を変えるつもりか、十九世紀の挿絵本を何冊か仕入れていた。私は、そのうち、とりわけ『パリの悪魔』と題された、いかにも後の私の人生を象徴するようなタイトルの二冊組みの革装幀の本に魅了された。これは、エッツェルという有名な出版業者が、一八四五年にバルザックを初めとするロマン主義時代の文学者たちにパリの様々な断面をルポルタージュ風に描かせた風俗観察の雑文集で、ミュッセ、サンド、ネルヴァルなどの有名作家の文章をガヴァルニとベルタルの木口木版が飾っていた。あとになって思えば、これはロマンチック本の代表作のひとつであるとはいえ、それほどの稀覯本ではなく、パリの有名な古書店にはどこにも必ずおいてある本なのだが、そのときは、そんなことは知るよしもなく、百三十年ほども前に出版された、しかもバルザックやサンドの初出の本を手にしているという感激で胸がいっぱいになった。

しかし、なによりも私を刮目させたのは、ガヴァルニとベルタルの、とりわけベルタルの細かい線を駆使した木口木版であった。ベルタルは、晩年の乱作ゆえに力量の割に価値の評価されることの少ない気の毒な挿絵画家なのだが、この『パリの悪魔』の風俗挿絵は、微細なものの巨匠という彼の真価が存分に発揮された傑作である。パリの水泳学校が、ブールヴァールが、様々な階層の生活を映し出す建物の断面図が、信じられないくらいの軽やかで細密な線で描きだされている。もっとも、その時には、それが木口木版であることすら知らず、銅版画か石版画と思っていたのだが、いずれにしても、オフセットとはまったく手触りの違う挿絵本の世界に私は一気に呑み込まれてしまったのである。

もちろん、『パリの悪魔』のテクストのほうもそれに劣らず魅力的だった。職業別、階層別に描きわけられた十九世紀前半のパリジャンの生活の細部の面白さもさることながら、ナポレオン三世とオスマンが徹底的に破壊する以前のパリ、ひとことでいえばバルザックの『人間喜劇』のパリの持つ奥深い魅力は強烈に作用した。私は、気がつけば、十九世紀の挿絵本と同時にパリの魔力にもとりつかれていた。まさにパリの悪魔に乗り移られたのである。

しかしながら、なんといっても圧倒的だったのは、事物としての古書の存在感である。ヨーロッパではつい最近まで、本は仮綴で出版されたものを蔵書家が各自の好みと予算にあわせて革や布で装幀させるという伝統があったが、その『パリの悪魔』も、深緑色の粒《シャ》起革《グラン》で装幀されていた。のちにこの粒起革装幀というのは、モロッコ革や子牛革の装幀に比べれば、比較的安上りの装幀であることを知ったのだが、そのときには、この粒起革の装幀でさえが、とてつもなく貴重なものに思えた。そして、荒俣宏氏がいみじくも指摘しているように「本は一冊ずつみな個性をもつ」という事実を思いしらされたのである。

だが、そのとき、結局、私はこの『パリの悪魔』を買わなかった。というよりも買えなかったというほうが正確だろう。十五万円という価格は、当時為替レートが一フラン五十円だったことを思えば、けっして高くはない適正価格であろう。しかし、私の手取りのサラリーはわずかに十八万円であった。しかも、このサラリーから購入したばかりのマンションのローンを工面しなければならないのだから、私でなくとも十五万円の古書の購入には、やはり、二の足を踏むことだろう。しかし、どうしても、私はこの本を手元におきたかった。そこで、勤めている大学の図書館の予算でこれを購入してもらうことにした。本は自分のものにはならないが、長期貸し出しにしてもらえば、いつでも手にとって眺めることはできるはずだと考えたのである。だいいち、本というものは、それを読むことに意義があるのであって、所有することに意義があるのではない、と私のなかのインテリがささやいた。

ところが、図書館から借り出した『パリの悪魔』を手にしたとき、私は言いようもない悲しみに襲われた。たしかに、手にもっているのは『パリの悪魔』そのものである。だが、扉に図書館の公印がべったりと押されたその本は、あきらかに何物かを失っていた。一八四五年の誕生から、百三十年以上の長い年月を、様々な人の手に渡りながら生き抜いてきた本としての人生に突然終止符が打たれたとでもいうような感じだった。図書館に入れられた本は、同じ本でも生きた本ではない。本は個人に所有されることによってのみ生命を保ち続ける。稀覯本を図書館に入れてしまうことは、せっかく生きながらえてきた古代生物を剝製にして博物館に入れるに等しいことなのだ。新刊本の場合には、いささかも意識にのぼらなかった本の生命というこの真実が突如天啓のようにひらめいた。そして、その日から私はビブリオマーヌとしての人生を生きることを決意した。私が本を集めるのではない。絶滅の危機に瀕している本が私に集められるのを待っているのだ。とするならば、私は古書のエコロジストであり、できるかぎり多くのロマンチック本を救い出して保護してやらなければならない。これほど重大な使命を天から授けられた以上は、家族の生活が多少犠牲になるのもやむをえまい。

とまあ、いささかの誇張はあるにしても、ものとしての本という側面にはとんと無頓着だった私が、これを境ににわかに本そのものを愛する愛書家に変身したのである。そして、それとともに、ムービー・ハンターだった時代のパッションが蘇ってきた。同時代の人間では見ることの不可能な映画をなんとか捜し出して見てやろうと十五年間、日本全国の映画館を探しあるいたあの奇妙な情熱がふたたびたぎりはじめた。だが、日本の古書店を通してのロマンチック本の購入にはどうしても限界があった。値段が割高になるのはしかたないとしても、自分の足で歩いて、この目で確かめるというブック・ハンターの基本的な条件が満たされないのが口惜しかった。そんなおり、大学から一年間パリで研修してきてよいという許可が降りた。これはまさに旱天の慈雨とでもいえる幸運だった。私は十九世紀のロマンチック本とパリ関係の資料に関するレフェランス・ブックを手に入れて、撃ち落とすべき標的をすべて頭にたたきこんだ。

フランスでは最初の二カ月間、モンペリエに留め置かれて語学研修を強制されたのがつらかったが、その分、パリの古書店に対する思いはますます大きくふくらんだ。パリに居をかまえると、檻から放たれた野獣のごとく、それこそありとあらゆる古書店をむさぼり喰っていったが、最初に設定した目標があまりに早く達成されたのには、すっかり拍子抜けしてしまった。日本にいるときには、とてつもない稀覯本と思えたものが、一流の古書店には標準装備という感じでゴロゴロころがっているのである。

しかし、こうして古書店巡りをしているうちに、私はこれまで知られていなかったようなウルトラ級の稀覯本がどこかに存在しているのではないかという幻想にとらえられるようになった。これは、たんなる勝手な思い込みではなく、ほうぼうで古書店主の話を聞いているとあながち幻想とはいえない性質のものであるとわかってくるのだが、じつはこうした不可能性を核にした幻想にとらえられるようになると、それはもう病が膏肓《こうこう》に入った証拠なのである。これは映画狂時代の経験から割り出しても明らかだ。しかしながら、この幻想を満たす手段がこの世には存在していないということもまた私は知っていた。なぜなら、ひとつのジャンルの古書を一通り征服し終わると、またべつのジャンルでこの幻想がむくむくと沸いてきて、結局、際限がないからである。

かくして、私は今日にいたるまで、パリにいないときには、ひたすら古書店のカタログを読み、ファックスを送るという生活を続けてきた。そしてその合い間に物書き仕事をやってきた。だが、いずれ、この病も、裁判所の執達吏が癒してくれることだろう。どうやら、全快の日はそれほど遠くはなさそうである。

『パリの悪魔』より

モロッコ革の匂い

『蝶々』

i 稀覯本は見つけやすい

フランスの古書と付き合って、もう十五年以上になる。その経験から割り出すなら、どれほど貴重な古書でも、金と手間暇さえかければ、見つからないものはないと断言してもよいと思う。

この世に一部しかない自筆原稿の類いでも、それが公共の図書館に収められていないかぎり、年数をかければかならず出てくる。傲慢なことを言うと思われるかもしれないが、年季の入った古書蒐集家なら、だれでもこれぐらいの自負はもっているものではないか。

とりわけ、フランスにおいては、稀覯本を探すことはかならずしも難しいことではない。

というよりも、稀覯本であればあるほど探索は容易になるという不思議な法則が存在している。ただし、それには条件がある。すなわち、稀覯本でも、高価なものでなければならないということである。値段の張る古書なら、一定の期間さえおけば、かならず見つかる。たとえば、十九世紀フランスの挿絵本（これを普通、イリュストレ・ロマンチックという）のなかでは比較的見つけにくいといわれているアメデ・ヴァランの挿絵の入った『野菜の帝国』と『蝶々』は、何年か古書市場に姿を見せなかったが、知り合いの古書店に声をかけておいたところ、あるとき、一遍に三セットも同時にあらわれ、こちらを狼狽させたことがある。

しかし、これなどは十五万円から二十万円の間のそれほど値の張らない古書だから時間がかかったのであって、百万円以上の古書なら、もっと容易に手に入ることはまちがいない。

なぜ、こうしたことになるかといえば、高価な稀覯本というのは、いわば値がさ株のようなもので、一定の市場価値が形成されているため、こちらがいくらまで出すといえば、手放してもいいというコレクターがかならず現れるからである。それに、フランスでは、中世のギルドの伝統で、古書店同士のネットワークが完備しているから、一軒の古書店に、これこれの古書を探しているといっておけば、その古書店が同業者に連絡し、さらにその同業者がコレクターに接触して、件の本を見つけ出してくれるのだ。ただ、こうしたギルドに加盟している古書店は、高級店ばかりなので、高値買いになることは覚悟しておかなくてはならない。もっとも、こちらの足元を見透かして、法外な値段を吹っかけてくるということはほとんどないから安心していてよい。

たとえば、Aという古書店に、かくかくの古書で、状態の比較的いいものを上限百五十万円で探してくれとたのむとする。この古書の市場価格は、状態によって百万円から二百万円の幅があるが、その間をとって、百五十万円という価格を設定してみたのである。この希望価格をつたえるときには、安すぎても高すぎてもいけない。古書店も納得するリーゾナブルな値段をこちらから言えば、むこうも「うん、こいつは本のことがよくわかっているやつだな」と思って真剣な態度で探索する。つまり、ある程度、価格帯を勉強してからでないと、探索を頼むことはできないのである。日本の業者はこの下調べをしないで、ただ探せ、いくらでもいいから探せなどと、無茶苦茶なことを言うので、日本人は気違いだなどと言われてしまうのである。

ところで、この本がBという別の古書店で百三十万円で売っていたとする。状態はまずまずだとしよう。AとBは親しい間がらなので、ズルをする気ならいくらでもできる。両者で口裏を合わせておいて、Aが私に、ご希望通り、百五十万円でまずまずの状態のものが見つかりましたと伝えればいいのである。差額の二十万円は、コミッションだとAが考えたとしても、こちらとしては文句はいえない。だが、通例、こうしたことは、高級店ではめったにない。Aは、正直に探索本は百三十万円で見つかったと言ってくるだろう。

ではAは無料で探索をしたのかといえば、もちろんそんなことはない。AはAでちゃんとコミッションを取っている。すなわち、Aは業者間レートの九掛けか八・五掛けで、Bから本を買っているので、Bの定価で、こちらに売っても、十三万円ないしは二十万円相当の利益は出るのである。高値の古書の仲介は、儲け幅は少なくとも、リスクも少ないので、どの古書店でも積極的にやっている。

ただ、これが定価の低い本だと、手間の割に利益が少ないので、当然のことながら、あまり積極的には動いてくれない。高価な稀覯本であればあるほど見つけやすいといったのはこのためである。それに、高い本であれば、どこの本屋がもっているということはわかっているので、ネットワークも作動しやすいという側面もある。

私が経験した例でいうならば、ジョルジュ・バルビエの描いたファッション・カレンダー『ファルバラ・エ・ファンフルリュシュ』の探索をロンドンのRという古書店と、パリのジャック・カロ街のDという古書店に同時に依頼したところ、数日後に、ほぼ同時に両者から「探索ご依頼の本を見つけました」とファックスが入った。値段はポンドとフランの違いはあるものの、ほとんど変わらない。ならば、状態がいいほうにしようと、記述を精読したところ、それがまったく同じなのだ。つまり同一の本を二軒の古書店が同時にネットワークで見つけて連絡してきたのである。どちらに頼もうかと一瞬迷ったが、パリのDのほうが、払いを少し待ってくれるということを知っていたのでDから買うことに決めたが、あとで失敗したことに気がついた。というのも、少したってから送られてきたJというパリのフォーブール・サン＝トノレ街の古書店のカタログを開いたら、まさに私が買ったその本が載っていたからである。もちろん、カタログの表示価格はDのものと同じだったが、Jはなじみの本屋なので、ここから直接買えば一割引きしてくれるはずだったからである。

ただ、この経験から、RもDも、Jの表示価格に一銭も上乗せしていないことがわかったのは収穫だった。つまり両店とも、「どうせなんにも知らない日本人なんだから、すこしぐらいふんだくってやったって、わかりゃしない」というような発想はせず、仲介本にはコミッションの上乗せはしないという実直な商業道徳にのっとって行動していたのである。この点はすくなからず感激した。

わかったことはもうひとつある。それは、同業者が設定した価格は、たとえそれがどんなものでも尊重するということである。つまり、RやDはJのつけた価格が自分のところの設定価格よりも低いと思っても、Jのところの本を仲介するかぎりは、Jの価格通りにするということである。もちろん、自分の評価より高いと思っても同じことをするだろう。

これはどういうことかというと、それぞれの古書店が設定した値段は、各々のポリシーによって決定されているので、それが安かろうと高かろうと、これを修正するには及ばないと考えているということである。価格の設定こそは古書店の命なのだから、はじめから仲介とわかっているときには、みだりにこれを動かしてはならないのである。

いっぽう、仲介ではない場合、つまり、客の注文を聞いてから動くのではない場合は、価格の設定権は自分にあるので、たとえ同業者から買い取ったときでも、思い切った価格を設定する。

これはもう六年前のことになるが、パリのヴォジラール街のVという古書店のカタログに、夢研究の古典として知られるエルヴェ・ド・サン＝ドニ侯爵の『夢および夢を支配する法』という稀覯本が五十万円でカタログに載っていた。その記述を読んで驚いた。というのも、その本は半年ほど前にリヨンの古書店Mのカタログに二十万円で出ていたのとまったく同一の本だったからである。つまり、VはMからこの本を買って、二・五倍にしてカタログに載せたのだ。

これを、暴利をむさぼるあこぎなやり方だといって非難すべきだろうか。もし、仲介だったら、たしかにそうした非難をうけてもしかたがないだろう。というよりも、そんな

『蝶々』(アメデ・ヴァラン挿絵)より

ことをしたら、この古書店の信用はまったくなくなってしまうにちがいない。

だが、これは仲介ではなく買い取りである。しかも、カタログに堂々と掲載しているのだ。その場合は、元の買い取りの価格、言い換えれば原価がいくらであろうとも、まったく問題はなくなる。すなわち、買い取った古書店が、その本に真にふさわしいと判断した値段をつけて売ってもいっこうにかまわないのである。つまり、Vは、『夢および夢を支配する法』について、Mが判断したのよりも、その価値を倍以上に見立てたことになる。その価格設定は、古書店としての眼力の違いをあらわしている。貴重さを倍以上と判断したので、値段も倍以上にしたのである。いいかえれば、VはMの評価価格をまったくナンセンスなものと考えたのであろう。安く売れればいいというものではない。貴重な本にはそれなりの価格を設定してやるというのも、古書店の立派な仕事のうちなのである。カタログに記載された価格は、古書店の目利きの度合のバロメーターでもあるのだ。

もちろん、この適正価格というのは、古書店の格によっても大きくことなってくる。VはMより格がだいぶ上の本屋である。となれば、値段がその格にしたがって上がってもしかたがない。

ただ、その格というものは、たんに店構えが立派だとか、営業年数が長いというようなところから来るのではない。立派な店構えでも、それほど評価されていない店もあるし、また昔からやっているというだけで、いっこうに評価があがらない店もある。

ではどんな店が、格上の古書店といえるのであろうか。価格設定が高いところか。かならずしも、そうはいいきれない。というのも、価格設定だけが高くて、本の質がともなわない本屋は、あまり格が上とはいえないからだ。こういう店は、同業者の間では馬鹿にされている。引っ掛かるのは、日本の業者だけだ。

ならば、本の質がよくても、価格設定を押えているところはどうか。こうした店は、客にはもちろん人気はあるのだが、格という点では、それほど上のほうにはランク付けされない。つまり、価格設定が低いということは、良心的というよりも、本の回転を早めて、多くさばきたいということ、つまり、資金的に余裕がないことをあらわしているので、格付けではそれほど上のほうにはこない。Aランクの下といったところか。前述のリヨンのM書店は、このクラスの本屋である。

となると、残るは、本の状態もピカ一で価格設定もそれに見合って高いところということになる。これが、Aランクの上ないしは超Aランクの本屋である。しかも、こうした本屋では、この質ならこの価格でも文句はいえないという類いの「どうだ、まいったか」の本ばかりをそろえている。そこには、安いけれども状態も悪いというような本ははじめから置いていないのだ。そういう本が欲しいときには、格下の本屋を探さなければならない。この種のAランクの上の本屋は、自分の店のステータスを保つため、極美の本しか買い取らないのである。したがって、カタログで買う場合も、届いてガッカリということはほとんどない。さきほどの『夢および夢を支配する法』の例でいえば、Vは自分のところに置いていい本と判断したから、Mからこれを買いとったのである。そして、本屋の格に合わせて値段も引き上げたのである。

しかし、こうした古書店では、当然、価格設定も高いから、本の動きはそれほどよくない。そのかわり、値段に糸目を着けずに稀覯本を探す場合には、この手の一流店にいけば、たいてい見つかる。

ただ、言うまでもないことだが、こうした買い方は古書蒐集家にとってはすこしも面白くない。いくら、状態のいい稀覯本でも、高級店で、高く買いもとめたのでは、古書集めの醍醐味がない。やはり、状態のいいものを安く手にいれてこそ蒐集家といえるのである。

しかし、これまた当然のことだが、こうした蒐集家好みのAランクの下の本屋は、回転が早いから、年中足を運んでいなくてはならないし、またカタログが出てもすぐに買い手がつくので、日本に送られてきたときには、もうあらかた売れ尽くしている。したがって、日本にいるかぎり、残念ながら、こうした古書店はないも同然ということになってしまう。かといって、私のようなB級コレクターはAランクの上の本屋にはとうてい手が届かない。

かくして、フランスに行かず日本でカタログ買いをする日々が続くと、安くて状態のいい本が手に入らないので、次第にフラストレーションがたまってくる。その結果、ときどき、大爆発して、発作的にAランクの上の本屋に、高くてもいいからこれこれを探してくれと注文を出してしまうのだ。げんに、これを書いている今も、パリの一流店からのファックスが入ってきた。自分のところにはないが、同業者がもっているとのこと。さあ、どうしよう。見つかるとは予想だにしていなかった本なのに。やはり、パリの一流店では見つからない本はないのだろうか。一冊ぐらいそうした本があってもいいと思うのだが。

ii 唖捨書店

パリでは稀覯本を見つけるのはむずかしくない。だが、稀覯本を売っているその古書店の開いている時間に行くのは本当にむずかしい。

＊

ヨーロッパではどこもそうなのかもしれないが、とりわけフランスでは、昼食の時間は神聖にして犯すべからざる時間である。極端なことをいうならば、革命が起こっても、昼食になれば一時中断、我々の子供の頃のいいかたに従えば《ヒルメシ・タンマ》ということにだってなりかねない。しかも、彼らは昼食には二時間をかけなければ、最低限度の《人間の条件》を満したことにならないと思い込んでいる。日本ではサラリーマンはみな三十分で昼飯を掻っ込んでしまうといったら、そんなのは《犬の生活》だといわれるだろう。したがって、フランスに進出した日本の企業が、「昼食は一時間以内に終えること」という命令をだしたりしたら、ストライキが起こること必定である。

それは企業にかぎったことではなく、個人商店でも同様である。しかも、個人商店では、日本とちがって、主人が昼食に出ているあいだ店番が留守を守るということはまずないから、昼食のあいだ店は閉まっている。昼休みになる前に客がきているときには、遠慮なく客を追い出す。

古書店は個人営業の最たるものだから、いまいったことはすべてあてはまる。それだけならまだいいのだが、古書店の場合、この昼休みの時間設定がじつにいいかげんなのである。古書店以外の個人商店は、朝の十時に開店、昼は十二時から二時まで休んで、午後は二時から六時ないしは七時まで営業というところが多い。ところが、古書店は、この昼休みの始まりが、主人の習慣行動によって早い遅いのちがいはあるにしても、たいていどちらかにずれている。

たとえば、古書店Aは、朝十時開店なのはいいが、十一時からもう昼休みになる。また古書店Bは、朝十一時開店と遅い分、昼休みもずれこんで、一時からということになっている。いっぽう、古書店Cは一般の商店と同じく十時開店で十二時から昼休みである。

さて、このABCの古書店を能率よく午前中に三軒回りたいと考えて、あらかじめルートを考えておくとしよう。もちろん、営業時間はしっかりと頭に入っていると仮定しよう。店で古本を見る時間は、少なめだが、いちおう四十五分、移動時間は、三軒が同じ界隈にあるものとして十五分という配分にしておこう。

まず、初めに出掛けるのはAである。AとCはどちらも同じ十時開店だが、Aは十一時にはもう閉まってしまうので、とりあえず、こちらからかたづけなくてはならない。ついで、十一時からCに回る。そして最後は、一時まで開いているBに行く。これなら、一時間ずつ三軒を能率的に回ることができる「はず」である。だが、このプランはしょせん「はず」にすぎず、実際にこの通りにいったら、それこそ赤飯ものである。

うまくいかない一例をお目にかけよう。

Aに最初に出掛けるのは同じである。ところが、予定の十時をすぎているのにまだ開店していない（こういうことはよくある）。すこし待ってみようと思っているうちに十時十五分になってしまったが、いっこうに店主が現れる気配がない。これはいけないというので、急遽予定を変更して、先にCに行くことにする。移動に十五分かかるので、Cに着いたのは、十時三十分である。ここで三十分くらい本を眺めて、ふと時計を見るとすでに十一時である。もう、Aに行くことはできない。ならば、ということで少しゆっくり棚をながめ、店主と話し込んでいるうちに十二時になる。店主は、フランス語を話す日本人ということで珍しいと思ったのか、それとも、高そうな本を探す上玉の客と勘ぐったのか、近くのレストランで飯でも食わないかと誘ってくれる。こちらは、内心では、もう一軒Bにも回りたいし、フランス人と飯を食うのはしんどいからなと思っても、せっかく誘ってくれたのだから断るわけにはいかない。こうして、この日は、午前中はわずか一軒しか回れないこととなる。

だが、これは、一軒だけでも片付けることができたのだからまだいいほうである。というのも、よほどの古書店巡りのベテランでないかぎり、ABCの古書店の営業時間がすべて頭に入っているということはまずないから、手際よい順序で回るなどということは不可能である。

たとえば、初心者だと、とかく次のようなことになりかねない。

すなわち、なにも知らずに、十一時開店のBに最初に行ってしまう。まだ十時だから、当然開いていない。そこで、Cに回るが、運悪く、この日は、Cの休業日である。それを知らずに三十分待った後、ようやく表に小さくかかっている看板で本日休業なのに気がつく。もう十時四十五分である。あわてて、Aに駆けつけるが、移動に十五分かかるから、着いたときにはすでに閉店している。しかたなく、十一時に開店のBに戻ることにする。だが、駆けずりまわったせいか疲れがひどく、Bに戻る途中にカフェに入って休もうと思う。ところが、カフェでは、ランチ・タイムなので、食事を取ってくれと言う。食事は一時に終わるが、もうBは閉まっている。おまけにBは午後は三時からしか開かないのである。こうして、一軒も訪れることのできぬまま、半日がまたたくまに浪費されていく。

＊

パリで古本屋巡りをしたことのない人にとっては、こうしたシミュレーションはヘマや偶然を誇張したいかにもわざとらしい想定に見えるかもしれない。だが、事実はその逆なのである。というのも、このシミュレーションでは、三軒の本屋は順序よく回るなら移動時間は十五分ですむという仮定になっているが、これは、古書店が比較的まとまっているサン＝ジェルマン＝デ＝プレ以外では考えられないものである。古書店が散らばっている場合には、メトロの発達したパリでも、移動には三十分はかかるとみておいたほうがいい。そうすると、第二のシミュレーションは、初めから成り立たないことになる。しかも、三軒の営業時間のずれが機械的に一時間ずつとしてあるが、現実には、十五分ないしは三十分といった半端なことの方が多い。こうなると、三軒すべて回るには、ほとんど、中学入試の難問を解くような明晰な頭脳が必要になってくる。

要するに、パリでは、午前中に三軒片付けようなどというのは、不遜も不遜、大不遜な考えであり、二軒ならよほどの僥倖、一軒だけでもよしとしなければならない。

午後についても、朝の開店時間がすこしずつずれている分だけ、営業時間がまちまちであり、最高にうまくいって三軒、普通はせいぜい回れても二軒がせきの山である。どこかの店で腰をすえたら、午後も一軒だけということになりかねない。

事態を複雑にする要素はまだある。休業日がてんでんばらばらなのである。一番多いパターンは日曜と月曜が休みというものだが、土曜日曜休業という店も少なくない。土日月の三日間休みというのも最近は増えてきた。

では、火水木金なら必ずどこも開いているかといえば、けっしてそんなことはなく、このどこかの曜日に中休みをとるところも多い。ひとことでいえば、休業日は、それぞれの店で好きなように設定しているので、この曜日ならどの店もかならず開いていると断言できる曜日は存在しない。

もちろん、以上は夏の二カ月のバカンス、クリスマス休暇、復活祭の休暇などを勘定に入れないでの話である。店主の個人的都合による休みというのも当然想定されていない。ひとつだけ確実にいえるのは、フランスの古書店はいつ開いているかわからないということだけである。

＊

というようなわけで、一年間、ほとんど毎日のように古本屋巡りをして、パリ全域の古書店をくまなく訪れたはずだったが、それでも、行きそこなった店が何軒かあった。

なかでもひどかったのは、ヴィヴィエンヌ街のKという古書店である。シャッターは上がり、店内に灯りがともっているのだから、確かに営業はしているらしい。ただ店主がどこかに行ってしまって、姿が見えない。しばらく待ってもいっこうに姿を現す気配がない。こういうときには、長年の経験から、店主は近くのカフェにいることが多いのを知っているので、それらしきカフェでたずねてみたが、皆存ぜぬという。結局、ここには四度足を運んだが、一度も開いているときには行くことができなかった。

だが、そうなると、不思議なもので、逆にこの店には絶対に掘出し物があるような気がしてくる。そこで、あえて五度目に挑戦してみると、今度は、あっさり開いていた。だが、期待していたようなものは何もなかった。ただのクズ本屋である。「手間取らせやがって」と、妙に腹がたってきた。そこで、帰りがけに、お宅はいつも閉まっているんだねと厭味をいったら、店主の答が奮っていた。

「そんなことはない。いつも開いている。あんたが閉まっているときに来るだけだ」

*

トゥールノン街の古書店では、また別の経験もした。この店は、パリ関係の本ばかりを揃えた、私にとってはまことにありがたい店なのだが、店主が非常にご老体なので、営業時間が極端に短い。朝十一時に開店したかと思うと十二時にはすぐに閉ってしまう。そこから昼休みが三時までつづき、午後は三時から五時までの二時間だけ営業して、それで終わりである。つまり、一日に店が開いているのは、たった三時間、しかも、一週間に火木金の三日間しか営業していないのである（現在は代替わりしている）。

そんなわけで、ここにも何度か無駄足を運んだが、フランスを去る直前になってようやく開いているときに行くことができた。パリ関係の本屋だから見たいものはたくさんある。十一時開店と同時に入ったのだが、たちまち十二時になってしまった。案の定、店主は追いだしにかかった。

「これから昼飯なので、午後にもう一度出直してくれないか」

そんなことを言われても、午後はほかを回る予定なので困る。なんとかねばろうとしたが、よほど売りたくないのか、買うのなら早く決めて出て行ってくれの一点張りである。しかし、相手が老人なので、喧嘩をするわけにもいかない。しかたなく、十九世紀のパリ地図だけを選んで、小切手で代金を払った。

ところがである。そのとき、小切手を受け取った店主の態度が突然かわったのである。小切手を握ったまま、満面に笑みをたたえ、小切手とこちらの顔を代わる代わる見つめている。一瞬、金額を一桁多く書いてしまったのかと思ったが、考えてみれば、小切手の数字はアルファベットで書く約束になっているので、そうした間違いはありえない。

「これはあんたの名前か」彼は私のサインを指さしてこうきいた。「美しい。じつに素晴らしい。これでなんと読むんだ」

私は小切手には漢字で「鹿島茂」とサインすることにしていたのだが、どうやら店主は、初めて目にしたその漢字の書体がいたく気にいってしまったらしい。私は答えた。

「アルファベットなら、Kashima Shigeru と書く。漢字にはそれぞれにみんな意味があって、私の名前も、《鹿》のいる《島》に、樹木が《茂》っているというような意味だ」

店主は、私のいいかげんな説明を聞いてますます感心してしまったらしく、「美しい！素晴らしい！」を連発していたが、それから、意を決したようにこう言った。

「私は Dasté という名前なんだが、よかったら、この名前をその漢字というやつで書いてくれないか」

「お安い御用だ」と、私はボール・ペンを手に取ったが、一瞬、躊躇した。というのも、頭に浮かんだ漢字というのが《唾捨《ダステ》》というものだったからである。「ダ」という音にあてはまるものはほかになにかないかと思案したが、《堕》《惰》《駄》など、どれもろくな意味の漢字しか思い浮かばない。「ステ」についても同じで、《棄》《抛》などが頭を掠めるだけである。

「この爺さん、業腹な奴だから、《唾捨》でもいいか。第一、わかりゃしないもんな」とも思ったが、もし、あとで日本人の客がこの店にきて、これを見たら、なんてひどいことをする奴だと憤慨するかもしれないと考えなおした。そこで、こう答えることにした。

「日本語は、漢字のほかに、カタ仮名とひら仮名という文字でも書ける。いまあなたの名前を表記する漢字を思いつかないから、そのカタ仮名とひら仮名で書いてやる」

　そして、《ダステ》《だすて》と、二つ並べて書き、このどちらでも Dasté と発音するから安心しろといった。

　店主は十分満足したらしく、その紙をうれしそうに眺めると「ありがとう。額にいれてこれを店のウィンドーに飾っておくことにする」と答え、「それから、見たい本があるなら好きなように見ていってくれ。少しだが値引きしてやる」と付け加えた。

　私が胸を撫でおろしたのはいうまでもない。

iii 匂いでわかる

当たり前のことだが、古本屋巡りをするには、一人に限る。しかし、パリに長期滞在するときには、家族連れのことが多いので、そういつもいつも、一人で古本屋歩きをしているわけにもいかない。三度に一度、いや二度に一度は、女房子供を引きつれて街歩きをすることになる。そうした場合には、できるかぎり、古本屋のない界隈を選ぶようにしているのだが、それでも、偶然通りかかった場所に、忽然と古本屋が姿をあらわすというようなことがないわけではない。

そんなとき、古本屋の及ぼす吸引力は強烈なものがあるから、店の前を素通りするということは絶対に不可能である。前に述べたように、フランスの古本屋は、開いていることがめったにないので、この機会に店に入っておかなければ、もう二度とチャンスは巡ってこないかもしれない。長いあいだ探しつづけていた幻の古書が、その店で見つかる可能性だってあるのだ。

しかし、家族を「ここで少し待っていなさい」と、外に置き去りにして自分だけ店に入るということは、気候のいい季節ならまだしも、そうそうは許されるものではない。近くに、ファースト・フードの店とかカフェや公園でもあれば、そこで待たせておくということはできるが、そんなお誂え向きの場所があるなどということはむしろ例外に属する。かといって、いかに愛書狂の私といえども、寒風吹きすさぶ街角に家族を立ちっぱなしにしておけるほど非情ではない。

そこで、しかたなく、家族をともなって古本屋に入ることになるのだが、これほど肩身の狭い思いをすることはない。身が縮む思いだといってもいい。

考えてもみていただきたい。革装幀の高価な古書が厳しくならんだ由緒正しい高級古書店に、見も知らぬ日本人の夫婦が、まだ小さくて聞き分けのない子供をつれて、どやどやと入り込んでくるのである。こちらは気をつかったつもりで「こら、騒ぐんじゃない。静かにしていなさい」と子供たちに注意しても、この言葉は「日本語」でいわれているのだから、相手は、うるさい東洋人の家族が訳のわからぬ言葉を喚きちらしながら傍若無人に店に入ってきたとしか感じないはずである。おまけに、フランスは、調教済みの犬ならレストランに同行してもいいが子供はダメというお国柄だから、露骨にいやな顔をされても文句はいえないところである。ただ、実際には、家族連れで古本を探しにくる客などというものは初めから想定していないらしく、どう対処していいかわからず啞然としているケースが多い。

もちろん、家族にしたところで、楽しいはずの外出が突如、陰気な古本屋巡りで中断されたうえに、愛想の悪いフランス人と顔を合わせなければならないのだから、愉快なはずはないのだが、我が家では、父親が古本を集めて本を書かなければ生活していけないと教え込んでいる（教育の勝利！）ので、古本屋に入っていくこと自体にはそれほどの反発はない。ただ、家族にとっても古本屋にとっても、店に入ってじっとしているのはお互いに気詰まりにはちがいないので、長居は禁物である。だが、それでも、古本屋があれば、入らないでいられないのだから、これは業としかいいようがない。

＊

ところで、こうした家族連れの古本屋巡りを何度かしていると、小さな子供にも、古本屋の雰囲気というものがわかってくるらしく、あるとき、比較的格上の古書店に足を踏みいれたとたん、当時小学校三年生だった長男が不意にこういった。

「パパ、ここにはありそうだね」

「えっ、なにが？」

「いい本がだよ」

「すごいね、どうしてわかるんだい？」

「だって匂いがするもの」

「匂いって何の？」

「なんか、ブキミな匂いがするんだよ」

「ブキミな、か。それは当たっているかもしれないな」

たしかに、長男のいうとおり、である。フランスの古本屋には匂いがあるのだ。しかも比喩的な意味ではなく、文字どおり匂うのである。しかも、本屋の格によって、匂いもちがってくるのだ。しかし、その匂いによる格のちがいを説明するには、ここで少し、フランスの古本それ自体について解説めいたことをしるしておかなくてはならない。

＊

ご存じの方も多いとは思うが、フランスの本というものは、原則的に、本として未完成の状態、つまり、仮綴本として売られている。もちろん、仮綴といっても、表紙はついている。ただ、その表紙が固いボール紙ではなく、日本の軽装本の表紙よりももっと腰のない厚紙なのである。最近ではほとんどの表紙がコーティングされたものになり、カラーの写真や絵が刷り込まれているが、それでも、日本の文庫本程度の厚さの表紙であることに変わりはない。いいかえれば、プレイヤッド版のような少数の例外を除くと、ほとんどの本が仮綴本なのである。

では、なぜ、こんな表紙にしておくのかといえば、それは、本来なら、本を買った人が、自分で好きなように装幀させることになっているからだ。もちろん、自分で装幀するのではなく、街にかならず何軒かある装幀屋に出して、装幀してもらうのである。第一次大戦の前までは、これが当たり前のことで、本を仮綴のままにしておくのは、たとえてみれば、ステテコ姿で街を歩くようなもので、絶対やってはいけないというわけではないが、けっして誉められたことではなかった。というよりも、本を購入していたのは、学識のある有産階級に限られていたので、仮綴などという品のない状態のままにしておくことはなかったのである。

ところが、第一次大戦後は、書物が大衆化したため、装幀屋に出すという手間を省く人が多くなったのに、出版社の方では仮綴で売るという習慣をいっこうに改めないという不思議な事態が生まれたのである。ただ、現在でも、仮綴はやはり仮綴で、装幀されて初めて本来の姿になるというのが原則になっている。

これにたいし、第一次大戦以前には、仮綴は仮の姿という通念が社会に浸透していたから、いったん新刊として買った以上は、これを装幀しておかなければ、古本としての商品価値はなく、売ることもかなわなかった。逆にいえば、装幀されたものだけが、古本の商品マーケットに出回っていたということになる。正確には、昔の仮綴は極端にモロかったので、装幀しなければ、保存にたえなかったというのが実情だったのである。

ということは、とりもなおさず、第一次大戦以前の古本を扱っているフランスの古本屋にあるのは、原則的には、全部装幀本だということになる。そして、装幀本だけを並べている本屋は、古本屋（リヴレリ・ドカジオン）ではなく、古書店（リヴレリ・アンシエンヌ）と呼ばれる。前者で扱う本は仮綴の古本（リーヴル・ドカジオン）というのにたいし、後者で売っている装幀本は古書（リーヴル・アンシャン）と、別扱いにする。

＊

ところで、一口に装幀本といっても、そこには、様々なレベルがある。というよりも、古書の値段は、ほとんどこの装幀の種類と保存の状態にかかっているといってもいいすぎではないのである。

まず一番レベルの低い装幀は、カルトナージュ、すなわち厚紙（ボール紙）装幀本である。これは日本の上装本とほぼ同じものである。ただ、カルトナージュの中には、カルトナージュ・ロマンチックと呼ばれる本があり、これだけは別格になっている。というのも、カルトナージュ・ロマンチックというのは、厳密には絹布を張った厚紙に金色の箔押しを施した、十九世紀前半だけに流行した布（クロス）装本で、これは、非常に貴重で値段も高い。

もっともカルトナージュ・ロマンチックをのぞくと、布装本というのは二番目にレベルの低い装幀本で、自家装幀で布装幀にしてくれという人はあまりいない。古書では少数派である。あっても、トワール（ズック地）ではなく、ペルカリーヌ（パーカリン）という、裏地用の綿巾が主流である。ただ、現在、新刊本屋で上装本として売られているものには、クロス装幀が多い。

この上からはすべて革装本ということになるが、同じ革装本でも、革の種類によって、バザーヌ、シャグラン、ヴォー、マロカンの順に高級になる。

バザーヌは羊の皮をなめしたもので、革装の中では最低である。一見すると、革というよりもただ紙にコーティングしたような薄っぺらな感じがする。出版社が仮綴ではなく、あらかじめ装幀した形で出版するようなときに用いられる。コストが低くすむので、新聞・雑誌のバック・ナンバーをまとめて装幀する時には、このバザーヌ装幀にすることが多い。

つぎは、シャグランだが、これは、ヤギやロバの皮をなめして粒起状にしたもので、十九世紀の普通の革装本はほとんどがこれである。手でさわるとザラザラした感じがする。バルザックの小説『あら皮（ポ・ド・シャグラン）』は、主人公のラファエルが骨董屋の老人から不思議な革をもらい、願いが叶うと、その分、革の面積も命も縮まるという物語だが、その革がこのシャグランである。

高級な革装本は、ヴォーかマロカンのいずれかである。

ヴォーは子牛のなめし皮のことで、手袋や鞄などに使われるあの滑らかな皮である。表面はつるつるしていて、皺がない。マーブル模様を入れたものもある。ヴォーは高級には高級だが、本に不可欠な微妙な手触りに欠ける。

マロカンはいわゆるモロッコ革のことで、雌ヤギの皮をなめしたもの。肌理はシャグランよりも大きく、独特の皺が走っている。手で触ったとき、マロカンには、ヴォーにないような快いザラつきと反発力がある。これが高級な革装本を作る時に好まれる理由だろう。高級な革装本は時代を問わず圧倒的にこのマロカンが多い。

このほか、ヴェラムという死産した子牛の白皮（犢皮）で装幀した本もあるが、これは中世の写本あるいは十六、七世紀の揺籃期本、イギリスのケルムスコット・プレスなどの擬写本に使われる。フランスでは十九世紀以後はほとんど用いられない。

また二十世紀のモダンな装幀にはボックス・カーフという、靴に使う固い子牛皮を用いることもある。

以上は、使用される革による区別だが、この革が背と表紙をすべて覆っている場合は、プラン（総）という言葉がついてプラン・ヴォー（総子牛革装）とか、プラン・マロカン（総モロッコ革装）という。これにたいし、背だけ革の場合は、半分（ドゥミ）という意味で、ドゥミ・ヴォー（背子牛革装）あるいはドゥミ・マロカン（背モロッコ革装）、背のほかに角にも革がついている場合には、ア・コワンという言葉がついて、ドゥミ・ヴォー・ア・コワン（背角子牛革装）あるいはドゥミ・マロカン・ア・コワン（背角モロッコ革装）という具合になる。

もちろん、こうした革には、箔押しやモザイクなどの細工が施されていて、本の値段は、この細工の巧拙によって大きく変わってくる。なお、総革に箔押しやモザイクなどの細工が加わっていないものは、ジャンセニスト装幀と呼ぶ。

*

さて、解説に手間どってしまったが、先ほど話に出た古書店の匂いというのは、ほかでもない、こうした革装本の放つ匂いなのである。革装本がたくさんあればあるほど、また総革装の本が多ければ多いほど匂いはきつくなる。

しかも、バザーヌやシャグランよりは、高級なヴォーやマロカンのほうが匂いは強い。

なぜかといえば、こうしたヴォーやマロカンは、鞄や靴と同じで、脂をつけて磨けば光沢がでるので、本屋が、本をかわるがわるとりだしては艶だしをしているからである。脂を塗るのは乾燥によるひび割れを防ぐという意味もある。

モロッコ革装幀の本

したがって、高級な古書店というのは、畢竟するに、アンチックの皮革製品を売る店と解してもいっこうにさしつかえないのである。実際、そうしたアンチック屋と同じ匂いがする。いっぽう、格下の古本屋にはこうした皮革製品の匂いがない。息子が「ブキミな匂い」という言葉でいいたかったのは、こうした高級な革装本と脂の匂いのことなのだろう。革装本も脂も動物の屍体から取ったものなので、たしかに「ブキミ」といえないことはない。

もちろん、私にとっては、ブキミどころか、こんな陶然となる匂いはない。我が家の書斎の本はほとんどがシャグラン革装幀でモロッコ革装幀はあまりないが、それでも、この原稿を書くために、総モロッコ革装幀の本をとりだしていたら、パリの高級古書店のイメージがたちどころにあらわれてきた。

『さかしま』のデ・ゼサントは、壁にモロッコ革を張り巡らした部屋をつくったが、その気持ちは、パリの高級古書店に足を踏みいれたことのある者でなければわからない。

パリの古書店は、匂いでも客を誘っているのである。

iv 掘出し物

掘出し物って、本当にあるのだろうか？

掘出し物、掘出し物と騒ぐうちはまだ初心者で、コレクターとしての年季を積めば積むほど、この言葉をそう簡単には使えなくなってくるのではなかろうか？

それというのも、古書蒐集の場合には、「この基準だったら掘出し物かもしれないが、別の基準では全然掘出し物ではない」というように、現物の数をこなせばこなすほど判断の基準が多様化し、価値の相対性にたいする認識が深まって、これなら掘出し物と一概には決めつけられなくなってくるからである。

*

例をあげて説明してみよう。

私は、十年ほど前、十九世紀のパリの風俗に関する本を蒐集していた。なかでも、手にいれようと必死になっていたのが『フランス人の自画像』という十九世紀前半の職業や身分をすべて網羅した風俗観察集だった。この本は、同じパリ風俗物の『パリの悪魔』やテクシエの『タブロー・ド・パリ』などよりも入手が難しく、日本の洋古書店ではついぞ見かけたことがなかった。だから、フランスで古本屋巡りを始めたときには、どの店でもまずこの本があるかどうか聞いてみることにした。しかし返ってくるのはきまって「残念ながら、うちにはありません」という答だったので、これはよほどの稀覯本にちがいないと思った。

ところが、あるとき、この手の十九世紀挿絵本、通称ロマンチック本を専門に扱うヴォジラール街のCという古書店で『フランス人の自画像』はどの程度の稀覯本であるのか、また値段はどのくらいなのか尋ねてみると、店主は、その本はさほどの稀覯本ではなく、むしろ見つけやすい部類に入ると答え、うちでも年に一度、あるいは二年に一度くらいは出ることがあると答えた。通常は全部で八巻セットなのだが、これに、予約購読者のためにプレゼントされた「プリスム」という付録がつく。この付録のあるなしで値がだいぶ異なる。「プリスム」付きの全九巻なら、状態にもよるが、シャグラン革の並装幀で一万フラン前後、安いものなら八千フランぐらいか、などとかなり具体的なことを教えてくれた。

この答を聞いて、古書のことはまだなにも知らない私は、よしそれなら、この本を五千フラン以下でみつけてやろうと決意した。そして、次の日から、また古書店の絨毯爆撃を始めたのだが、なんとその日のうちに、シェルシュ＝ミディ街のMという古書店で、この『フランス人の自画像』全九巻がさっそく見つかったのである。しかも、値段は、四千フランと、相場の半値以下だった。問題は、それが革装ではなく、カルトナージュ（ボール紙装幀）であることだった。

前に述べたように、フランスでは、仮綴と革装では価格が倍以上にちがう。カルトナージュは仮綴ではないが、革装と比べればはるかに見劣りすることは私のような初心者にもわかった。しかも、その本は、カルトナージュ・ロマンチックと呼ばれる箔押し入りの特殊な時代装幀ではなく、ただのボール紙に挿絵の刷り込みのついた版元装幀にすぎない。つまり、四千フランという値段は、別段、掘出し物ではなく、妥当な金額なのである。

だが、これも、見方を変えれば立派な掘出し物になる。すなわち装幀に一切こだわらず、その本を所有しているという一点だけを重視するなら、掘出し物であるかいなかの判断の基準は価格のみということになるので、これはこれで立派な掘出し物である。事実、私もこの価値基準で買った本はたくさんある。読めればいいという類いの本はこれで十分である。

ただ挿絵本はそうはいかない。活字だけの本なら内容さえ抽出できればどんなにきたなくてもかまわないわけだが、挿絵本は、挿絵がしみで覆われていたらそれで最後なのである。挿絵本の場合には、装幀にはこだわらなくとも、状態とりわけ紙質には注意しなければならない。というのも紙質によってしみが出やすくも出にくくもなるからだ。したがって挿絵本に限っては高くてもしみのないものをということになる。

ところで件の『フランス人の自画像』だが、これは四千フランと格安だったけれども濃いしみがあった。この本は、風俗の記述もさることながら、ガヴァルニやグランヴィルの挿絵に大きな価値があったから、しみのある本では安いのも当然なのである。

ついでに言いそえておくと、掘出し物であるかいなかの価値判断の基準は、装幀、状態、価格のほかに、もうひとつ、初版、再版の区別というのがある。ただ、日本語でいう初版とフランス語のそれとは多少用法が異なっているから注意を要する。すなわち、フランス語で édition originale と記されていても、それは、別の出版社から再版されたものと区別するための言葉であり、日本語でいう初版本にはならない。いいかえれば、éditon originale の上に、もうひとつ初刷（premier tirage）という注意書があって初めて初版本ということになるのである。ただ、十九世紀の本の場合は、この何刷ということを記す習慣がなかったので、初刷と二刷以下を区別する直接的な手だてはなく、すべては活字組みや挿絵の異同に拠って何刷りかを識別する古書店主の眼力にかかっている。

四千フランの『フランス人の自画像』は、古書店主の説明に拠れば、立派な初版初刷であったが、私は、しみが多すぎるという理由で買わないことにした。店主は、「価格だけなら、これ以上安いものはそうは見つからないよ」と言ったが、私はまだ探索を始めたばかりなので、未来に賭けてみようと思ったのである。

＊

ところが、それ以後何カ月探しても『フランス人の自画像』は出てこなかった。フランスの古書店では無言で店に入って棚を見ることは許されず、かならず何を探しているかを言わなければならないので、私はどの店でもこの本の名前を出すことにした。あればよし、なくても、店の棚を眺める許可のかわりになるからである。本屋によっては不勉強なところもあるので、相手の書誌学的知識を試すテストの代わりにもなって、なかなか便利だった。最後に、ほとんど、「ボンジュール・ムッシュー」と変わらぬ挨拶言葉になってしまった。

そんなある日、シャン＝ゼリゼ大通り近くのシャロン街にあるFという高級古書店で、例によってこの本の名前を出したところ、店主が「ウイ・ムッシュー」と答え、奥の棚から、非常に立派な総モロッコ革装幀の九巻本を取り出してきた。見つからないものとばかり思いこんでいたので、意表をつかれた形になったが、本を開いてみて、もっとびっくりした。手彩色のカラー版だったのである。しかも、その色彩は、十九世紀の自然の顔料をつかった水彩なので、現代のカラー図版ではとうてい再現不可能な微妙な色合いを出していた。うかつにも『フランス人の自画像』にこうしたカラー版があることを知らなかった私は、魂を奪われたように図版に眺めいった。

店主の説明によると、多色刷石版で色をつけたものとちがって、この手彩色版は、当時の彩色女工たちが一枚一枚筆で色を塗っていったものだから、それこそ本によってすべて色彩が異なるのだという。もちろん、彩色女工のセンスによって色の組み合わせも微妙にちがっていて、そこがロマンチック挿絵本の醍醐味なのだそうである。店主は、この本はいままであつかったもののなかでも色彩感覚が最高だと断言した。

その点は私とて異存はなかった。異存があったのは価格である。恐る恐る九巻目の最後についていた値札を見ると、そこには、なんと五万フラン（百五十万円）と書きこまれていた。後に、二十世紀の限定挿絵本にも手を出すようになってからはこんな価格にも驚かなくなったが、このときはまだ初心者だったから本当に仰天した。というのも、この価格は一年間の滞在費として学校から渡された金額の三分の二だったからである。

私はとうてい無理だと思ったので「メルシ」と本を返した。店主は「ジュ・ヴ・ザン・プリ（どういたしまして）」と答えながら、ニヤッと笑った。私は一瞬この笑いには「ここはあんたのような貧乏人のくるところではないよ」という意味がこめられているのかと思ってムッとしたが、あとで店主の説明を聞いて納得した。彼はいった。「初版初刷で、総モロッコ革の時代装幀、しかも色彩も紙も最高と三拍子揃っているのだから、これはそうは簡単に見つかるような代物ではない。価格はそれに見合っている」と。ようするに、店主は、価格ではなく、絶対的な価値という判断基準からみればこれもまた掘出し物であるといいたかったのである。

＊

価格面での掘出し物と絶対的価値での掘出し物、この二つの価値による掘出し物を突きつけられた私は、どちらの基準にも納得できないものを感じた。すなわち、絶対的価値のあるものを最低の価格で見つけてこそ掘出し物といえるのではないか、『フランス人の自画像』でいえば、手彩色版を白黒版の値段つまり一万フラン以下で見つけたときにはじめて掘出し物という言葉を使えるのではないかと考えたのである。

だが、このことをヴォジラール街のC書店主に話したところ、店主は素人はこれだから困るとでもいうように私の考えを一笑に付した。彼がいうには、フランスのまともな古書店はどこもレフェランス・ブックやオークション・レコードを参考にして価格を決めているから、そういう掘出し物は原則的にはありえないのだそうである。シャロン街の本屋の五万フランというは高すぎるが、手彩色版ならシャグラン装幀でも二万フランから三万フランはするという。

だが、この古書店主の言葉は間違っていた。私は手彩色版の『フランス人の自画像』を九千五百フランで見つけたからである。しかし、別の意味では彼の言うとおりだった。というのも、手に入れたのは古書店以外の所だったからである。

＊

帰国まであと三カ月に迫った六月のある日曜日、高級古美術商ばかりが多く集まったアンチック屋のデパート、ルーヴル・デ・ザンティケールを歩いていた私は、一軒のアンチック屋の前でふと予感のようなものにとらえられて足をとめた。見ると、エジプトの骨董を並べたショー・ウインドーの中に、手彩色版の『フランス人の自画像』が置かれているではないか。いかにも場違いな感じがしたので、もう一度目をこらしたが、二巻ずつ合本になっているとはいえ、たしかに全九巻のあの本である。しかも、紙質が素晴らしく、手彩色の木口木版は、昨日描かれたかのようにみずみずしい。画質からいったらシャロン街の古書店のものよりいいかもしれない。値段を聞こうと思ったが、ちょうど昼休みで、店にはだれもいない。

私はその場で待つことにした。よそを回っているすきに店主が戻り、だれかほかの客に一足先に買われてしまったらおしまいだと思ったからである。

結局、昼飯も食べずにドアの前で二時間も待つことになった。満腹の店主が悠然と姿をあらわしたときには、なぐりつけてやりたいような気持ちになっていた。

早鐘のようにたかなる心臓を抑えつつ、いかにも気のない風を装って値段をたずねると、専門外の商品のためか、よもやと思われた一万フランという答が返ってきた。私はすぐに小切手を切ろうとしたが、そのときに急に冷静さを取り戻して、ここはアンチック屋なのだから値切ってみるべきではないかと思いかえした。店主は気持ちだけといって、九千五百フランにした。

本を受け取ろうとしたちょうどそのとき、一人の客が店に飛び込んできた。私が抱えている本を指して、それは売れてしまったのかと叫んでいる。彼は一ヵ月ほど前から目をつけていて、今日ようやく買う決心をして駆けつけてきたのだという。店主は、たいていはこんなもんだと言って肩をすくめた。

手彩色版の『フランス人の自画像』を九千五百フランで手に入れてアパルトマンに戻ったその日は、我が生涯でも最良の一日だった。自分の設けた基準通りの掘出し物を見つけだすことのできた気分は最高だった。

だが、次の週、エネール街のHという古書店に出掛けたとき、私は、本当はもっとすごい掘出し物を探しあてていたはずだったのにと、ほぞを噛むことになる。というのも、その古書店では、シェルシュ＝ミディ街の古書店にあったあの四千フランの白黒版『フランス人の自画像』が驚くなかれ、三万フランという値段で売られていたからである。店主によると、ボール紙の表紙に挿絵の刷り込まれている版元装幀の『フランス人の自画像』は大変な稀覯本で、十年に一度出るかどうかというほどの珍品だという。もちろん、シェルシュ＝ミディ街の古書店から直接買ったのだそうだ。

もしあのとき、値段だけを基準にして四千フランで買っておけば、私は語の全き意味で掘出し物を見つけていたのである。しかし、よく考えてみれば、その場合、私は大変な掘出し物をしたとは気づきもしなかったにちがいない。

くやしくなった私は、九千五百フランで手彩色版を見つけた話をした。すると、店主は、合本で装幀されている場合は、多少価値が落ちるから、それはたしかに安いが破格の安値ではないと言って、私を落胆させた。

掘出し物はたしかに存在する。だが、掘出し物と断定できる物差しはだれもがもっているわけではない。

『フランス人の自画像』（本文とは別のもの）

V 音がちがう

これまで何度か、古書店の「格」ということをいってきたが、古本探しの第一歩は、この「格」を正しく認識することから始まる。扱っている本の最低価格が数万フランの超Aランクの古書店に行って、百フラン前後しかしない本の名前をいっても相手にされないし、逆に、すべて五十フラン以下というクズ本屋で一万フランの本を探しても無駄である。

＊

では、この「格」はどうやって見分けるか。それはいたって簡単。門構えが違うのである。

パリで超Aランクと格付けされているフリートランド街のB、フォブール・サン＝トノレ街のB、ピエール・シャロン街のFなどは、その堂々としたファサード、広々とした店内、高い天井、つま先の沈むような床の絨毯、そして、もちろん高級美術品以外の何物でもない豪華絢爛な装幀の稀覯本など、どんな素人が見ても、そこが超のつく高級古書店であることは納得がいく。同じ超Aランクの店でも、フォブール・サン＝トノレ街のL、ヴォジラール街のVなどのように、店構えはたいしたことのない店もあるが、こうした店でも、一歩店内に足を踏みいれれば、ウルトラ級の稀覯本の醸し出す緊迫した雰囲気に身が縮む思いがする。

しかし、実際には、こうした古書店を超A級たらしめているのは、店構えでも、品揃えでもない。もちろん、本の質や値段が、一般の古書店と掛け離れているのはいうまでもないが、じつはそれだけで超Aランクに格付けされるわけではない。評価の分かれ目となるもの、それは、稀覯本を扱うプロとしての「誇り」である。

こうした高級古書店の主はみな、パリの税関や裁判所付きの古書鑑定士の資格を持ち、有名な愛書家の死後の売り立てなどの際には、それぞれの専門に応じて、価値のつけようもないほど貴重な本を鑑定して、評価額を決めるという義務を負っている。ルーヴル美術館やパリ国立図書館《ビブリオテック・ナシオナル》が買い上げをするような本が対象なので、評価額が高すぎても低すぎても物笑いの種になり、ひいては店の格を落とすことになりかねない。だから、稀覯本を評価する態度は真剣そのものである。

フランスでは、古書の鑑定士というものの社会的ステイタスが高いが、その分、責任も重く、有名な古書店の息子であろうと、そのまま鑑定士になれるわけではない。しかるべき高級店で何年か徒弟修業をしたのち、独立した店で何回かカタログを発行し、そのカタログの記述の正確さがギルドの審査によって認定されて初めて税関や裁判所付きの鑑定士への道が開かれるのである。

ただ、店主が古書鑑定士であれば超Aランクの本屋になるかといえば、かならずしもそうはいいきれない。たしかに、古書鑑定士の資格があればAランクの本屋としては認められる。だが、超Aランクとなるには、本の内容、状態、版、装幀、紙質などの条件がすべて揃った上に、なにか特別のプレミアム、つまり、献辞、直筆原稿、デッサンなどの「この世でただひとつのもの」が添えられて差別化された稀覯本のみを売るという姿勢が必要とされる。つまり、うちでは並の本は扱わないという「誇り」がなくてはならないのである。この「誇り」が「格」を支えているのである。そして、「誇り」は、当然、古書の価格となって反映されるから、同じ本でも、格下の本屋で売っている、差別化されていない本と比べると、価格が十倍も高くなるなどということも起こってくるが、この価格の差は、鑑識眼に裏打ちされた「格」の差であるから、けっして理不尽なものではないのである。

*

これにたいし、並のAランク（あるいはAランクの下）の古書店は、差別化された本も扱うが、差別化されていない本も置いている。いいかえれば、うちは他の店にないものしか扱わないという「誇り」を放棄して、商売のためには、足の速い本も売るという姿勢をとっているのである。ちょっと目には超Aランクと並のAランクは区別できないが、棚の本を手に取ったりカタログを見れば、すぐにそれはわかる。一例をあげれば、同じ二十世紀の豪華な限定挿絵本でも、ただの仮綴本は、超Aランクの本屋ではなく、並のAランクの店にいかなければ見つからない。

しかしながら、Aランクの店では、傷もの、つまり、装幀、状態、版などの条件のどれかひとつでも欠陥のあるものは、原則として売らないという姿勢を保っていることを忘れてはならない。このグレードの店の本は、ただ差別化されていないというだけで、それを除けば、いずれも完璧な本である。この点では、並のAランクの店も、自分の店の品物には大きな誇りをもっている。そして、その「誇り」は、超Aランクの店ほどではないにしても、価格に跳ね返ってきている。

ただし、Aランクの場合には、個々の店によって、この「跳ね返り方」に非常に大きなヴァリエーションがある。三倍以上になることもあれば、二倍以下にとどまっていることもある。私の経験からいうと、この倍率は、「誇り」というよりも「欲深さ」を反映していることのほうが多い。よく、あの本屋は高いというが、値段の高さが「誇り」の反映である場合、これは不当な中傷である。しかし、高さが「欲深さ」をあらわしているときには、正当な非難である。以前、日本の洋古書店が、高いだけでつまらないものをよくつかまされたカスチリオーヌ街にあるAという店は、後者の部類に属する。もっとも、ここは、ルーヴルの近くという有数の観光名所なので、場所代だといってしまえば、それまでなのだが。

＊

Bランクの店というのは、ようするに、非《ナル》Aランクであると考えればいい。すなわち、この手の店には、完璧な本というのはなく、装幀、状態、版のいずれかにかならず欠陥がある。たとえば、初版初刷で、状態がよくても、装幀がかなり傷んでいたり、あるいは、装幀が申し分なくても状態が悪く、しみが多いなどである。たまに完璧な本があるかと思えば、そうした本は奥のガラス・ケースにしまわれていて、Aランクの店と変わらぬ値段がついている。

しかしながら、こうした店では、欠陥もまた正確に価格に反映されているから、値段はAランクに比べて、破格に安い。だから、しみがあっては困るが、装幀には目をつぶろうというような人には、Bランクの店は狙い目である。なぜなら、このグレードの店は、完璧な本は置いていないが、本自体としては価値のあるものを扱っているので、探している稀覯本をかなり安く手にいれることができるからである。前に述べた、『フランス人の自画像』のカルトナージュ版を見つけたシェルシュ＝ミディ街のMという本屋は、まさにBランクの本屋である。

じつは、私も、初めのうちは、もっぱらBランク狙いで、装幀には目をつぶり、挿絵のみに価値を置くという方針を取っていた。だが、しばらくすると、Bランクの店では、どうしても、こちらの欲求を満たすことができないことに気づくようになった。というのも、装幀に欠陥がある場合は、本を開いて挿絵を見たり、テクストを読むのに、やはり差し障りがあるからである。とりわけ、十九世紀後半の本は、酸性紙を使っているので、よほど装幀がしっかりしていないと、本として文字通り「解体」してしまう危険性がある。とくに、仮綴の本は、たとえ安くとも絶対に避けたほうがいい。本を開くたびに、解体は確実に進行していく。

一番いけないのは、コピー機にかけることである。コピー機にかけたら最後、本としての命は半分に縮むといってもいいすぎではない。だが、一般の人は、ここのところがまったくわかっていない。一面識もない人から、電話がかかってきて、コピーを取らせていただいたら、すぐにお返ししますから貸していただけませんか、などと言ってくる。私は、この手の依頼は、よほど親しい間柄でもないかぎり、すべてお断わりすることにしている。相手はなんてケチなヤツと思うらしいが、本の解体を忍んでまで、いい顔を見せる必要があろうかという気がする。わたしはこと本に関しては、澁澤龍彦と同じように、たいへんケチなのである。パリの国立図書館でも、装幀の危ない本はコピーを取らせてくれないという。見識だと思う。

コピーだけではなく、写真撮影も本にとっては非常に危険である。カメラマンが写しやすいようにと、力まかせに開くからである。

一度など、見知らぬ出版社の人間があらわれて、挿絵だけを使いたいので、写真にとるために私の本を貸してくれないかといってきた。そのときは、あまりよく事情に通じていなかったために、うっかりと涙金で本を貸してしまったのだが、一カ月後に戻ってきたときには、哀れ、本は完全に「解体」され、背の部分の装幀がスッポリと剝がれ落ちていた。出版社の人間は、カメラマンがやってしまったことなのでとしきりに言い訳したが、それでおしまいである。

後に荒俣宏さんと知り合って、このことを話したら、荒俣さんもこの手の経験を何度かしているので、写真撮影を許可する場合でも、本は絶対に相手に渡してはならず、こちらの見ている前でやらせるべしという教訓を授けてくれた。以後この教えは固く守るようにしている。

さて、本の「解体」のことで怒りがこみあげてきて、突如、話が脱線してしまったが、いずれにしても、十九世紀の本は、装幀の豪華さは必要なくとも、実際的な面から見た場合、最低、堅牢なシャグラン革の装幀であったほうがいい。だが、そうなると、やはりB

ランクの本屋では間に合わなくなり、Aランクの安いところということになる。最近は、Bランク狙いはやめて、この方針で臨んでいるが、残念ながら、この手の本屋は非常に数がすくない。

*

残るはCランクの本屋である。このグレードの本屋の特徴は、一般的に価値を認められた本、つまり古書価格というものが出来上がっている本は置いていないということである。古書価値のある本はみんなBランクの本屋に吸いあげられていってしまっている。また、特定のジャンルの専門店も、独自の価値観で、この「本の吸いあげ」を行うので、Cランクの本屋には、ジャンル別の価値をもつ本というのも見当たらないものである。ではどんな本があるのかといえば、一般的価値もジャンル別の価値もない本、ようするに、クズ本である。しかし、一般的価値はなくとも「私」にだけは価値があるという本がある。というよりも、古本というのは、元来そういうものではなかろうか。

しかし、クズ本の中から、「私」にだけ価値のある本というのを見つけるのは思っているよりもはるかに困難なものである。というのも、世の中は不思議なもので、どこかにかならず「私」と同じ思考法をする人間がいて、その人が一足先に、「私」にだけ価値ある本をさらっていってしまっているからだ。

だから、クズ本こそ古本集めの醍醐味だといっても、ただ漫然とクズ本屋ばかり歩いていたのでは、掘出し物など見つかるわけがない。では、クズ本屋は見るだけ無駄かといえば、かならずしもそうではない。同じクズ本屋でも、掘出し物のあるところとないところがあるからだ。しかし、そんな見分けが簡単につくのか。

見分けはある程度つく。掘出し物の可能性を秘めたクズ本屋の目印の第一は、人の出入りが非常に激しいことである。客の出入りも多いが、従業員の出入りも激しい。とにかく、箱をもった店員があわただしく出たり入ったりしている。これはなにかというと、この手の店ではクズ本の卸しをやっているのである。

古本の競売は、日本と同じように、稀覯本だけでなく、クズ本についても行われている。ただ、稀覯本は一冊ずつ競売されるが、クズ本は箱単位である。いわゆる「箱本」といわれるものである。この箱本には、専門の卸し業者がいて、箱単位で落札し、それを毎日店に運ぶ。従業員の出入りが激しいのはこのためである。

日本ではこの手の卸しの店では小売りはしないが、フランスでは業者でなくとも入れる。

だから、年季の入った古本蒐集家にはここを最高の漁場と見なしている人が多い。そのため、客の出入りも激しいのである。

だが、こうした卸しの店は、回転も速いが、開店も早いので、掘出し物を見つけようと思ったら、朝早くから出掛けなければならない。以前、プロヴァンス街にあったEという店は、朝の七時から営業していた。

この時間にいくと、熱心な古本蒐集家もいるが、それとはちがった人種もいる。つまり、Bランクの本屋とジャンル別の本屋が、無差別に落札された「箱本」の中から、めぼしいものを「吸いあげ」にやってきているのである。古本蒐集家とこうしたプロとは、外見では区別がつかないが、ある一点で、明瞭な差異を示している。それは、クズ本を指でより分ける速度がちがうのである。

本は、店の中央に置かれたテーブルの上に、背を見せる形でずらりと並べられているが、プロは、これを一列ごとに指でチェックして、少しでも価値のあるものはすべて抜き取ってゆく。チェックするスピードは素晴らしく速いので、プロとアマでは、あきらかに「音」がちがう。

あるとき、背後で、尋常ならざる「音」がするので、思わず振り向いたところ、知り合いのBランクの本屋の主がそこにいた。目があったので会釈すると、主が言った。

「なんだ、あんたも本屋だったのか」

自分では気づかなかったのだ、どうやら、私のチェック・スピードもかなりなレベルに達して、プロ並の「音」をたてていたらしい。

vi オスマン男爵からの贈り物

前章では超A、A、B、Cというランク付けについて述べたが、このランク付けは、文学書、それもフランスの文学書を扱う本屋にしか適用できないということをお断わりしておきたい。つまり、専門店はこのランク付けの埒外にあるということである。

ところで、文学書中心の古書店も、このランク付けとは別に、得意分野のちがいで、大きく次の三つ、あるいは六つの専門店に分けられることは頭にいれておく必要がある。

まず三つの大分類であるが、これは時代区分による分類で、文学書が、ナポレオン帝政以前に出版された本ならリーヴル・アンシャン（古書籍）、一八一五年から第一次世界大戦開始までの十九世紀本はリーヴル・ロマンチック（ロマンチック本）、第一次世界大戦以後の本の場合はリーヴル・モデルヌ（現代本）と呼ばれるのに対応している。

下分類は、挿絵本（リーヴル・イリュストレ）専門か、初版本（エディシオン・オリジナル）を主とするかの違いである。挿絵本専門の場合は、それぞれ、イリュストレ・アンシャン、イリュストレ・ロマンチック、イリュストレ・モデルヌに別れる。ただ、リーヴル・アンシャンの場合は、挿絵本自体が少ないので、これを専門にしているという本屋は少なく、たいていは初版本も同時に扱っている。

私はといえば、もっぱら挿絵本狙いで、初版本にはとんと興味をもてないたちだが、それでも多少、初版本のことについては知っているつもりなので、ここでは、初版本コレクションのさいの注意事項を二、三述べておこうと思う。というのも、初版本というだけでむやみと有り難がる日本人の性格につけこんで暴利を貪る業者もいないわけではないからである。

*

その一。初版本の命は献辞にある。

日本では、『悪の華』の初版本というだけで、ほとんど「天皇陛下」という言葉を聞いたときの日本軍の兵隊のように直立不動の姿勢を取る蒐集家もいるようだが、じつは、『悪の華』の初版本でも献辞のないものの価値は思っているほど高くない。たとえば、一九八六年―一九八七年のオークション総目録を見てみると、一八五七年にプレ・マラシから出た初版初刷の『悪の華』は、背角モロッコ革装幀天金の極美本でも献辞なしのものは、一万三千五百フラン（当時のレートで一フラン三十円として約四十万円）でしか落札されていない。仮綴本の場合はこの半分以下だと思えばいいから、七千フラン（約二十万円）もあれば十分落札できるだろう。現在は、多少オークション・プライスは値上りしているだろうが、それでも、パリの古書店では、一万フラン以下で手に入れることは可能である。げんに、私の知り合いは、仮綴本を六千フランで買っている。いまはフランが二十円を切っているから、値上がり分は十分カバーできるはずだ。

反対に、献辞のある場合は、この世に一冊（unique au monde《ユニコ・モンド》）ということになるので、価値は限りなく高くなる。私がフランスにいた一九八五年にオークションに出たドラクロア宛の献辞をもつ『悪の華』初版初刷は、装幀はほぼ同じようなものだが、なんと百三十万フラン（三千九百万円）で落札されている。献辞なしの同じ本のほぼ百倍である。テオドール・ド・バンヴィル宛の本は、同じユニコ・モンドでも、格下ということか、落札価格は十六万フランにとどまっている。

その二。同じ初版初刷でも、ごく親しい人に献呈するための上質紙本があることに注意。『悪の華』の初版初刷を例に取れば、普通紙の版のほかに、小部数のオランダ紙あるいはアングレーム紙を使った特製本が存在している。これは、理の当然としてほとんどが献辞つきだが、もし献辞なしの場合があったとしても、価格が数倍になることは確実である。ちなみに、右記のドラクロア宛とテオドール・ド・バンヴィル宛の本はどちらも、オランダ紙の版である。

その三。献辞がなくとも、著者直筆の誤植訂正があるものは高い。同じ『悪の華』初版初刷本であっても、ボードレールの自筆で誤植に訂正が入っているようなものはたとえ献辞がなくても当然高くなる。しかし、少し考えてみればわかるように、誤植訂正をするような本はあらかじめ献本するはずのものであるから、献辞なしというのは考えにくい。ただし、誤植ではなく、語句訂正のものは自分用だから、当然、献辞はないはずで、しかも、これはヴァリアントとなるので、価格はまったく別体系となる。こんなものを見つけたら、それこそ最高である。

またこれは『悪の華』に限ったことではないのだが、二刷の部数が極端に少なく、この版だけの重要な訂正がなされている場合は、献辞なしの初刷よりも高くなったりすることがある。

あるいは、献辞がなくとも、所有者が有名人であれば、これまた別の価値が出てくることはいうまでもない。とくに、その所有者が著者のライバルや敵対者であれば、ひそかに入手して相手の才能をチェックしていたことなどがわかって面白みは増すわけである。その場合も、エクス・リブリス（蔵書票）で所有が確認されるよりも、装幀が家紋入りでインチキの余地のない場合のほうが価格は当然高くなる。

逆に、初版初刷でも、仮綴で、しかも表紙が剝がれていたり、しみがある場合は、古書価値が大きくさがってしまうから注意を要する。そのことを知った上でコレクションをしていれば問題はないのだが、こまるのは、書誌的知識のないコレクターが、それ相応の安い値段がついているにすぎない初版本を掘出し物と思いこんで買ったケースである。おれは『悪の華』の初版初刷をもっているぞといばっていても、価値が認められるのは美本に限るということをわすれてはならない。コレクターが亡くなったあと、未亡人が亭主の自慢していた『悪の華』初版初刷を売りにだしたところ、キズ本だったので、二束三文でしか引き取ってもらえなかったという悲劇はフランスでも日本でもままあるらしい。

いずれにしろ、ひとつだけ確実にいえることは、むやみに初版初刷を有り難がるなということである。それに、初版本の多くは挿絵があるわけではないので、本自体の魅力には欠けるものが多い。装幀の美しさのない仮綴本を眺めていてもあまりうれしくはならない。本そのものの価値からいったら『悪の華』の初版本よりも、ブラックモンの手になる肖像画の入った第二版のほうが上だとさえいえるぐらいである。

しかし、こういうと逆説めくが、初版本には、本自体の魅力のなさに由来するブック・ハンティングの醍醐味というヘンな魅力があることもまた否定できない。つまり、C級の本屋の五十フラン均一本コーナーに『悪の華』の初版初刷がまぎれこんでいたというような幸運が絶対ないとはいいきれないのだ。挿絵本の場合には、どんなに目の利かない本屋でも、一目見れば、クズ本ではないということはすぐにわかる。だが、初版本の場合には、書誌学的知識のない店主が、仮綴本をうっかり見逃して均一本コーナーに入れてしまうケースがあるのだ。とくに、一般には名を知られていない小ロマン派や世紀末のデカダン派の作家は、初版本のコレクターにとっては、狙い目で、掘出し物が見つかる機会も少なくない。十九世紀の初版本専門店に行けば、この手の本は相当高い値段がついているし、またリプリントされることも少ないので、一昔前までは稀覯本を安く見つけて高く売るせどり屋にとっては稼ぎ頭となっていた。もっとも、せどり市場にも流行があり、いまは、人気のあるのはシュールレアリスムとダダだけである。

　ところで、日本人の異常な初版本愛好癖ゆえに一部で誤解があるようなのでここで一言いっておくが、初版本としての価値があるのは、小説や詩集などの文学作品だけであって、文学研究書が初版でもそれにはなんの価値もない。第一、研究書というのは、資料的価値はあっても古書としての価値はゼロに等しいから、古書店に売りに出掛けても引き取ってくれるのは、C級の本屋だけである。つまり、研究書は売るときはクズ本扱いということである。十年ほど前までは、パリには良心的な文学研究書専門店が何軒かあり、ここにもっていけば研究書はその内容的価値に応じて引き取ってくれたが、いまでは、この手の本は、採算性が悪いということで、扱う本屋も極端に減ってきている。よくB級の古書店のカタログに、フロベール関係の研究書、五十冊で一式千フランなどと出ているが、研究書などは土台その程度の古書価値しかないのである。

　最近は、日本でも、記号学やナラトロジーがもてはやされ、データ・ベースがうんぬんされるようになってきているので、若い研究者はみな新刊しか買わない。ひとことでいえば、文学研究書も、自然科学の本と同じように、新しくなければ価値がないということになってしまったのである。その結果、定年退職の教授が出るたびに古い研究書が洋古書店の棚を占領するが、新しい需要がないので、すこしもさばけていかない。当然、引き取り価格も下落し、やがては、日本の百科事典や文学全集の類いと同じように、引き取ってもらえず、ツブシになることは確実である。悲しいことだが、これが現実である。

家がつぶれそうなほど研究書をもっているあなた、あなたがご家族の生活を犠牲にしてフランが七十円だった時代に、何十年もかけてこつこつと買いあつめてきた本は、残念ながら古書価値はまったくないのです。ご家族にはあらかじめそのことを伝えておいたほうがいいでしょう。なに？　研究書は全部、研究費で買っているって？　ご立派です。すでに、なにもかもおわかりなのですね。こりゃまた失礼いたしました。

*

とはいえ、第一章で述べたように、稀覯本ほど見つけやすいという真理とはちょうど逆に、価値のない本ほど見つけにくいというのもまた真理である。とくに、ここ二十年の間に刊行された本は探索が非常にむずかしい。したがって、ほんの十年ほど前に出た研究書が必要になったからといってデジデラータ（探究本リスト）を古書店に送っても、値段が安いので気合を入れて探索をしてくれはしない。いや、これは、別段、古書店が悪いのではなく、この程度の昔に出た本は、所有者が死んで売りに出されるということがないから、市場に出回るケースがもともと少ないのである。

なかでも、図版の豊富に入った新刊本は、初刷が少ない上に、再刊になることはまずないから、一度店頭から消えたら最後二度と手にいれることはできない。新刊本だから、まだいいかという思考が一番いけないので、新刊本だからこそ、見つけたときにすぐに買っておく必要がある。日本に帰ってきてから注文をだしてもまず手にはいらない。そのくせ、教科書本屋のジベール・ジューヌなどでは、店頭にゾッキ本として山積みにされているのだから、泣くに泣けない。

だから、私は、一般の研究者とは逆に、十九世紀の本はすべて古書店で買い、戦後の本はパリの国立図書館でコピーを取らせてもらうようにしている。このほうがよほど合理的である。

しかしながら、いっぽうには、こうした厳しい現実がある反面、もういっぽうには、なんともうれしい事実が存在している。それは、フランスでは、日本とちがって、在庫に税金をかけるということがないため、とんでもなく古い本が、新刊として在庫しているケースがあることだ。古書店に麗々しく高い値段で飾ってある本が、よく調べてみると、新刊本として、何十年か前の定価で手に入るのである。それは、毎年、新刊本屋のレフェランス・ブックとして刊行されている『リーヴル・ディスポニーヴル（在庫本一覧）』という本で調べればわかる。

私は十五年ほど前、この本の項目索引でパリ関係の本をすべてリスト・アップして片っ端から注文をだしたところ、なんと一八六六年に刊行された Histoire Générale de Paris という巨大なパリ史の叢書の何冊かが、百二十年のときを隔てて「新刊本」として手元に届いた。第一巻の『序文』の発行者はセーヌ県知事のオスマン男爵、発行所は帝国印刷局で、ナポレオン三世への報告という形を取っている。古書としてならなんでもない本だが、これが「新刊本」として、わずか二千二百五十円で手に入ったことがなんといっても感激だった。友人に自慢したところ、その友人もさっそく注文を出したらしいが、そのときにはもう品切れになっていたということである。

あるいは、百二十年も前の本を新刊本として最初に注文した私だけに与えられたオスマン男爵からの贈り物だったのかもしれない。たまにはこんなことがあってもいい。

vii 紙で決まる

前章では挿絵本のことを書くつもりで、初版本のほうへ脱線したまま、それきりになってしまったので、ここではきっちりと挿絵本の話をすることにする。

*

挿絵本は一にも二にも紙が命である。
挿絵本は、いうまでもなく、版画が何枚か挿入されたテクストが製本されたものであり、その価値は版画の価値に連動する。では、版画の価値の高低は何によるかといえば、それは、版画家、彫り師、刷り師が同じである場合は、ただ紙の質によって決まる。版画の専門家はやたらにステイトのことばかり気にして、案外、紙のことを問題にしないが、挿絵本の場合はこうした態度は通用しない。というのも、挿絵本の歴史は、版画の複製技法の歴史であると同時に、製紙法の歴史でもあり、挿絵がどんな紙に刷られているかというのはきわめて重要な問題だからである。

*

とはいえ、十七世紀後半から十九世紀初頭までの挿絵本（イリュストレ・アンシャン）については、この問題はあまり気にしなくてもよい。なぜなら、この時代には製紙法はひとつしかなかったからだ。

ヨーロッパにひとつしかなかったこの製紙法がどのようなものであったかについては、バルザックの『幻滅』の第一部で、リュシアン・ド・リュバンプレの親友の印刷業者ダヴィッド・セシャールが製紙法の歴史について蘊蓄を傾けている部分があるので、これを引用して解説に代えることにしよう。

「紙の原料は今でもこの麻や亜麻のぼろぎれをつかっていますが、この紙の材料は高価なので、そのため当然フランスの出版界がするはずの発展が遅れているのです。こうしたぼろぎれは無理につくられるものではない。ぼろは布地を使ったあとにできるもので、一国の人口からは一定量のぼろしかできません。この量をふやすには、人口増加によるしかしかたがない」（生島遼一訳）

つまり、十九世紀以前のヨーロッパでは、中国や日本とちがって、植物から直接パルプを得る方法を知らず、紙はすべて、下着などのぼろぎれを繊維に戻したものから作っていたので、紙の総供給量は人口によって自動的に上限を定められていたのである。バルザックによれば、ぼろぎれには、麻や亜麻（リネン）のほか、木綿もあったが、こちらからは麻や亜麻ほどにはいい紙はつくれなかった。

麻や亜麻から作られる上質紙は、一般にオランダ紙と呼ばれた。これはもともとフランスで製紙業に従事していたユグノー（新教徒）がナントの勅令廃止でオランダやベルギーに移住し、そこで彼らが作った紙がフランスに逆輸入されたことからきている。オランダ紙は、いかにも下着から作られたことを感じさせる黄色っぽいしっとりとした紙で、横すじとすかしの入っている点に特徴がある。

いっぽう、改宗を受け入れて国内に残ったユグノーたちは、中部フランスのアングレームに集まって製紙業を発展させた。アングレーム紙というのは、国内産の紙としては最高級品とされていた。先述の『幻滅』はこのアングレームの町を舞台としているが、バルザックの背景設定には、このように、ちゃんとした理由があるのである。

もうひとつワットマン紙と呼ばれる同様の製法の上質紙があるが、これもまたイギリスに移住したユグノーの末裔ワットマンが作った紙である。ワットマン紙は真っ白すぎるので、版画にはあまり用いられない。

さらに、一七八〇年からは、中世に用いられていた犢皮（ヴェラム）に似せて、有名な印刷業者アンブロワーズ・ディドがヴェラム紙と呼ばれる目のつんだ高級紙をつくり出したが、これは製法が違うだけで、材料は同じように麻類を原料としている。このヴェラム紙は、イリュストレ・アンシァンには間に合わず、もっぱら次の時代のイリュストレ・ロマンチックに用いられた。

紙に関する以上の事実をしっかりと踏まえておきさえすれば、十七世紀後半から十九世紀初頭までの古典主義の時代の挿絵本（イリュストレ・アンシャン）については、かなりはっきりとした認識をもつことができる。

ひとつは、挿絵用の紙と挿絵の複製技法の関係である。すなわち、イリュストレ・アンシャンの挿絵は、エッチングやドライ・ポイントあるいはビュランなど、銅版や鋼版等を使う複製技法によるものがほとんどであったのだが、こうした金属の版では、プレスの力を強くするためどうしても紙を濡らしておく必要があり、それには溶解しにくい麻類を原料としたオランダ紙でないといけなかったからである。木綿のぼろから作った並質紙は、破れやすいうえに、水につけるとすぐに溶解してしまうので、テクストの印刷にしか使えなかった。イリュストレ・アンシャンがカタログに載っている場合、紙質についてはなんの記述もないが、それは、挿絵に用いられている紙がすべて麻や亜麻のぼろを原料とするオランダ紙かアングレーム紙が使われていたので、断る必要もないからである。

第二は、イリュストレ・アンシャンはなぜ高価であるのかという問題であるがこれは改めて説明するまでもない。すなわち紙、とりわけ、麻や亜麻のぼろを原料とする上質紙の供給量が絶対的にすくなかったので、作られた挿絵本の総量も当然限定されていたためである。

それにまた、銅版画や鋼版画などは、大量に刷ることができず、また凸版の活字とは別に刷る以外に方法がなかったので、当然、手間も費用もかかったのである。

このほか、当然ながら、イリュストレ・アンシャンの時代の挿絵画家や彫り師の力量が卓越し、ファイン・アートの面から見ても芸術的価値が高いので、値段もそれに応じて高いという事実もある。というよりも、この事実がなければ、いかに挿絵本の総量がすくなくても人気は出ない。

私は前から述べているように、十九世紀の挿絵本（イリュストレ・ロマンチック）の蒐集家だが、蒐集をここに集中した理由のひとつに、イリュストレ・アンシャンは高すぎて手が出ないということがあった。イリュストレ・ロマンチックだと、高いものもあるが安いものもある。これにたいして、イリュストレ・アンシャンはどれも総じて高く、安いものがない。イリュストレ・ロマンチックとは一桁違うといってもいい。イリュストレ・アンシャンは、もともと識字率が低いアンシャン・レジーム期に金持ちの特権階級をターゲットにして作られた本なので、出版された時点ですでに値段が高い高級本だったのである。それを、私のような二十世紀の日本の貧乏な蒐集家が集めようとしても土台無理なわけである。

＊

ところで、同じイリュストレ・アンシャンでも、十八世紀後半になると微妙な変化の兆しがあらわれてくる。といっても、紙の絶対量が増えて、価格が下がるという方向に変化したのではなく、むしろ、その逆である。つまり、イギリスの産業革命の影響で、フランスにも安い綿織物が普及し、その結果、供給されるぼろのバランスが崩れて、並質紙用の木綿のぼろは増えた反面、上質紙用の麻や亜麻のぼろが減り、上質紙の「原料」がでなくなってきていたのである。それでも、大革命の経済的混乱で挿絵本の需要が減り、またナポレオンの大陸閉鎖で輸入の綿織物が減少している間はさほどの混乱は起きなかったが、一八一五年の王政復古で文芸が復興すると、紙の需要が飛躍的に増大し、需給関係は逼迫してきた。

『幻滅』は、こうした状況下で、ダヴィッド・セシャールがいかにして新しい製紙法を生み出すかというドラマを一方の軸にして展開している。

「もう十年もたってごらんなさい、オランダ紙、つまり麻のぼろで作った紙は完全になくなってしまいますよ。ちょうどこのとき、お兄さん［リュシアン・ド・リュバンプレ］から、紙の製造に繊維性の植物を用いるというお父さんの着想をもらったわけで、もしぼくが成功したら、当然あなたは……」

ダヴィッド・セシャールが参考にしていたのは、中国人が竹からつくるシナ紙である。

「軽さと柔らかさの点で、シナの紙はわれわれの紙よりも一段とすぐれており、しかもこの大切な性質にもかかわらず、丈夫なのです。しかも、どんなに薄くても、その紙は少しも透きとおらないというわけです」

シナ紙は一八一五年の王政復古で大陸封鎖が解除されると、中国貿易を盛んに行っていたイギリスから輸入されるようになった。ただ、値段が高かったので、それほど大衆的には普及せず、もっぱら限定版の出版物に使われたが、さっくりとしたその可塑的な肌理は、ほぼ同時代に出現した新型の挿絵複製技法にぴったりとマッチしたため、まったく新しいタイプの挿絵本を生み出すことになった。木口木版による挿絵本がそれであり、これが結局十九世紀の挿絵本（イリュストレ・ロマンチック）の主流となるのである。

*

木版による挿絵本は十六世紀までは挿絵本の主流だったが、銅版と鋼版が普及するとすっかり廃れてしまった。この当時の木版は、日本の浮世絵と同じで、板目木版、つまり、木に縦に切ってできる柔らかい板目を凸版として彫る版木を使うものだったので、リアルな描写という面では、銅版画や鋼版画には、どうしても勝てなかったのである。

ところが、十八世紀の末に、イギリスのトマス・ビュイックが、黄揚や椿などの固い木を輪切りにしたときにできる非常に固い年輪の中央部を、ビュランと呼ばれる鋭い彫刻刀で彫る木口木版を発明して以来、にわかに、この技法が注目を集めるようになった。

その理由はいくつかあげられる。まず、利点の第一は、木口木版は、銅版や鋼版に負けないシャープで繊細な線が出せるにもかかわらず、取り扱いが比較的簡単なことである。

『ガリヴァー旅行記』（グランヴィル挿絵）より

つまり木口木版は、彫られた部分が白ヌキになる凸版であるため、腐蝕銅版のように凹部のインクを化学的に処理する必要がなく、プレスの力もそれほどいらない。それに、木口木版は、凸版である上、版木が固く細長いので、活字と組み合わせて使うことができるという大きな利点をもっている。いいかれえば、銅版画や鋼版画のように別刷りにする必要がなく、文字と絵を同時に印刷できるのだ。これは、とりわけ、ヴィニェットと呼ばれる小さなカット用の挿絵に効果を発揮した。

ところで、木口木版は、糊で繊維を固めていない紙を好むという性質をもっているが、この点では、いっさい糊を使わないシナ紙の輸入は、まさにどんぴしゃりのタイミングだった。ひとことでいえば、一八二〇年代の後半から三〇年代にかけてフランスで起こった挿絵本の革命は、この木口木版とシナ紙という二つの新しい要素の同時出現によるものだったのである。

しかしながら、いかに木口木版はシナ紙を好むとはいえ、シナ紙は通常のヴェラム紙に比べれば、格段に割高だったので、もっぱら限定本用に用いられ、あとの並の版は、ヴェラム紙のあまり糊をきかせていないものを使った。

ところが、糊をきかせていないヴェラム紙というのはシナ紙とちがって、しみ（フランス語でルスール、英語ではフォックス）が出やすいという大きな欠点をもっている。

イリュストレ・ロマンチック、とりわけ木口木版の挿絵本の蒐集の難しさは、ひとえにこの点にあるといっていい。つまり、シナ紙を使った木口木版のイリュストレ・ロマンチックは、しみがほとんどなく、状態は奇跡的としかいいようがないほど良好だが、これは、刷っている部数が極端に少ないので、発見もまた奇跡に近くなり、価格もそれに比例

『ガリヴァー旅行記』（グランヴィル挿絵）より

して天文学的になる。

いっぽう、糊なしのヴェラム紙を使用した木口木版のイリュストレ・ロマンチックは、別刷りの手間が省けるので、銅版画入りのイリュストレ・アンシャンなどよりもはるかに多く刷られていて価格も比較にならないぐらい安い。ただし、しみが出やすいので、状態のいいものは極端に少ない。

私が蒐集の眼目にしているグランヴィルの木口木版の挿絵本はこの典型である。なかでも、一八三八年に二巻本で出た『ガリヴァー旅行記』は、大部分が色つき糊なしのヴェラム紙に刷られているので、しみが出ることが多く、状態のいいものはめったにない。ただ、カルトレの『愛書家の宝典』によると、シナ紙の本の存在が一部、それも上巻だけ確認されているので、ごく少数部のシナ紙の限定版が刷られたことは確かであるという。ちなみに、ここ十数年のオークション・レコードに当たっても、シナ紙の『ガリヴァー旅行記』は一度も登場していない。私はこの本は二部もっているが、もちろんシナ紙の版ではない。

ところで、いい忘れたが、麻や亜麻を原料とするオランダ紙やヴェラム紙は、もともと布だったので、洗うことができる。すなわち、装幀をといて、一枚一枚、薄い塩酸の溶液に浸して、しみ抜きをしてもかまわないのである。こうしても、活字や挿絵が消えないことはいうまでもない。とはいえ、紙に色がついている場合は、脱色されて真っ白になってしまうので、しみ抜きはお勧めしかねるとカルトレは述べている。『ガリヴァー旅行記』は色つきヴェラム紙だったので、しみ抜きは不可能なのである。

また、しみを抜いたあとでは、ふたたびしみが出ないように糊つけをする必要があるが、こうした修復作業は、細心の注意を要するので、その道のプロに頼まなければならないともカルトレは言っている。

なお、イリュストレ・ロマンチックには、木口木版のほか、銅版、鋼版、石版などを使用した挿絵本があるが、紙数が尽きてしまった。これについては、後ほど語ることにしたい。

間奏曲

荒木一郎の教訓

いまから十二年前、一年間の在外研修を控えていた私は、パリに着いたら毎日のように古本屋巡りをして珍しい本を片っ端から集めてやろうと、古書蒐集家としての情熱をたぎらせていた。

そんなある日、偶然、スポーツ新聞の芸能欄に、あの「ヘイヘイ・マックス」の荒木一郎が、日本郵趣協会主催〈JAPEX'83〉にて、金賞を受賞したという記事が出ているのを目にした。この賞は、切手蒐集で、その年に、もっとも優れたコレクションを完成したコレクターを顕彰するためのものだそうで、荒木一郎は、すべての部門を通じてのグラン・プリに輝いたということだった。

いまでは芸能界から足を洗い実業家として成功している荒木一郎は、久しぶりの芸能インタビューに答えて、友人が借金のかたにおいていった切手が思いのほか価値があることを知って以来、切手コレクションにのめりこむようになったと語り、優れたコレクションを完成するための心得として、次のような三カ条をあげ、それぞれ理由を説明していた。

①蒐集のフィールドを限定すること。

コレクターは、ただ安いというだけの理由で、ほかのフィールドにも手をだすことが多いが、これをやっていると、蒐集の内容が拡散するばかりか、本当に欲しいものがあらわれたときに資金が枯渇して買えないことがある。コレクションは、限定されたフィールドで内容の濃いものをつくりだしてこそ価値がある。

②一件についての購入価格の上限を設定すること。

良いコレクターズ・アイテムは当然ながら、値段が高い。だから、その人の資金力に見合った購入価格の上限を設けておかないと、次第に背伸びして身分不相応な高いものを買い込むようになる。その結果、資金の乏しいコレクターは、すぐに財政的にパンクして、地道な蒐集を続けることができなくなる。

③狙っているものが、むこうからあらわれてくるまで気長に待つ。

一度、集めそこなったものでも、あせらずに待っていれば必ずどこかで見つかる。むしろ、むこうからあらわれてくるようにならなければ真のコレクターとはいえない。

私はこの発言を読んで深い感銘を受けた。そして、さっそくこれを自らの蒐集心得として採用することにした。

すなわち、蒐集の分野としては、十九世紀パリ風俗、しかも挿絵入りのロマンチック本に限定する。また購入価格の上限は一冊二千フラン（五万円）とする。というのも、学校から支給された研修費は、生活費を含めて年間で二百万円だったからこれがギリギリと判断したのである。

パリに着いた私は荒木一郎のアドヴァイスが実に的確だったことを痛感した。フィールドを限定したおかげで目標としていた古書は次々と設定価格以内で入手することができた。

だが、これには一つの落とし穴があった。設定したフィールドの蒐集があまりに容易に達成されてしまったため、私は次々に新しい分野を開拓していってしまったのである。その結果がどうなったかはすでに述べた通りである。

この限りなき悪循環

最近、初対面の人から「鹿島建設の御曹司だって話ですけど本当ですか」というようなことをよく言われる。まったく、鹿島建設にとっては迷惑このうえないデマが流れているものだが、どうやら、この噂、私がフランスの高価な古書を買いあつめているという話を伝え聞いた人間が当て推量で流したものらしい。しかし、「火のないところに煙はたたない」の理どおり、噂というのはそれなりの根拠がなければ成立しえないものである。といっても、私が鹿島建設に関係あるというのはまったくの事実無根である。これは鹿島建設の名誉のために言っておかなければならない。だが、よほどの家督でもないかぎり、大学教師の分際で高い古本が買えるわけはないという推測はきわめて正しい。したがって、いったいあいつはどこから金をひねりだしているんだという疑問が涌くのも無理はない。だから、やはりここはきちんと真相を明かしておく必要があるだろう。

はっきり言って、私の資金源は、これみな借金である。しかも親や親類からの出世払いの借金などという甘っちょろいものではなく、銀行やローン会社から、自宅を抵当に入れて借りた本格的な借金ばかりである。したがって、当然、ローンの返済は毎月容赦なく襲いかかってくる。そして、その額は、多重債務者の常として絶えず増加傾向にある。この調子でいけば、破産宣告はまずまちがいのないところである。にもかかわらず、私はあいかわらず古本を買い続け、借金は雪だるま式に増加している。ではなぜ、こうした事態にあい至ったのか。それは、一言でいって、資料蒐集の無限地獄におちいったためである。この悪循環は、おおよそつぎのような経過をたどって地獄の釜の蓋を開く。

たとえば、私がパリのデパートについての本を書こうと思いたったとしよう。そのとき、普通なら資料の蒐集には、①現代の研究者の書いた二次資料だけを購入する、②一次資料はパリの国立図書館（B・N）で閲覧する、の二つの方法がある。たいていの研究者は①でお茶を濁すか、あるいは①を主体にして②を併用するというやり方をとる。なぜなら、留学生でもないかぎりそう年中パリにいることはできないからだ。しかし、本を書き進めて行くうちにどうしても必要な一次資料が手元にないという事態は頻繁に起こる。こういうとき、常識ある研究者なら、つぎにB・Nに行く機会がくるまで待とうと考えるだろう。ところが、私は性格的にこの待機ができない。そして、不幸にもB・Nにある本はすべて古書店で探せることを知っている。そこで、パリの古書店にファックスを送り、一次資料のこれこれの本を至急探してくれとたのんでしまう。これで、見つからないという返事がくれば、それはそれでいいのだが、たいていは合点引き受けたとばかり、関係書籍を取り揃えて送ってくるから始末が悪い。しかも、私の場合、たった一ページの絵入り新聞『モンド・イリュストレ』が必要なばっかりに、五十年分の揃いを買うなどという愚行を犯してしまうから、結果は当然、破滅的なことになる。

だが、それでも、書き上げた本が売れて、かかった経費が回収できれば、採算的にはこれでも帳尻が合うわけだが、これまでのところそんなことは一度もない。平均すると、手にする印税は経費の五分の一、ときには十分の一ということさえある。さすがに、こんな馬鹿くさいことはやめようと思うことも再三なのだが、ローンの返済があるから、常に何か書いていなければならない。しかし、書いていくうちに、また古書が必要になって……という具合に限りない悪循環が続く。この悪循環を断ち切るには、「本を書かない」か「本を買わない」かのいずれかの選択しかないが、どちらかを選ぶとなったら、私は躊躇することなく「本を書かない」ほうを選ぶだろう。なぜなら、本を書くのは楽しくないが本を買うことは楽しいからだ。ということは、本を書くために本を買っているというのは嘘ということになる。そう、全部嘘なのだ。借金があるというのも嘘、そして、私は鹿島建設の御曹司なのだ（冒頭に戻る）。

後記。鹿島建設はその後、社名を「鹿島」に変更した。したがって、私は、なんの嘘いつわりもなく、「鹿島」の御曹司ということになったのである。ただ「鹿島」は「カジマ」と発音するようなので、御曹司というのはあくまで漢字の字面の上のことである。

古書の値段

シャルトルにある、フランスで一番高い古書店から、今年もまたカタログが届いた。

四年前、ここから初めてカタログを受け取ったときには、まったく「ぶったまげて」しまった。書留のハンコを押してから、はて、こんな本屋に注文を出した覚えはないのだがと思いながら、巨大な包みをほどいて見ると、カラー印刷の大判の画集が出てきた。だが、よく見てみると、それは画集ではなくカタログだった。まず、その大きさと印刷のよさに肝をつぶした。判型と厚さは百科事典ほどもあろうか。おまけにカラー印刷はどんな画集にもまけない素晴らしさである。とりあえずは、こんなカタログをタダで貰ってしまっていいのかしら、という思いが心をかすめた。そして、「得した」という内心の声がどこかで聞こえた。

カタログを開いてみて、驚きは倍加した。イリュミネされた中世の写本から、ミロやピカソの豪華本に至るまで、装幀、版、紙質、挿絵などすべての点で文句のつけようもない最高の逸品ばかりがずらりと並んでいる。書物という性質上、どんなものでもこの世にたった一部というものは原則として存在しないのだが、このカタログにあるのは、たとえ二十世紀の本でも、有名人宛ての献辞入りの限定本に付録として自筆原稿の類いやステイトの違う別刷り挿絵が添えられ、そして、これに溜め息を誘うような装幀がほどこされているから、限りなくユニコ・モンド（この世に一部）に近い。まったく、「どうだ、まいったか」という古書店主の声がきこえてきそうである。カタログを受け取った客は、まさしく「まいりました」と答えるほかはない。

だが、こんなことで驚いてはいけなかったのだ。カタログの最後に紙切れが一枚挟んであり、それに価格が印刷されている。高価なカタログはレフェランス・ブックとして残るから、後々まで価格が知られるのはまずい。そのため、たいていこうした形式を踏むことになっているのだが、まずは相当に高いだろうなと覚悟はしていたものの、その価格表を見て、本当に「ヒエー」という声を発してしまった。どうみても、数字の桁を一つか二つ間違えているとしかいいようがない。フランス語にも「目の玉の飛び出るような値段（プリ・エグゾルビタン）」という表現があるが、これはその上を行く表現、すなわち「気違い値段（プリ・フー）」というのを献上せざるをえない。どれくらい高いかというと、パリの一流店で売っている同じ本の平均四倍、ものによっては十倍近いものもある。もっとも、これは価格表に明示されているものに限っての話で、ウルトラ級の稀覯本には「価格はおたずねください」と記載されているから、倍率はもっと高くなるかもしれない。

私は凡庸なB級コレクターにすぎないので、買いたいという気持ちが起きるよりも先に、こんなべらぼうな値段をつけて本当に売れるのかしらと素朴な疑問を感じた。そこでパリの事情通の本屋に聞いてみたら、あそこのものは、とにかく比べようもない本だから、価格は言わば絶対値段で単純な比較はできない。いわば、おれはこの値段でなら売ってやるが、だれか買える奴はいるかといっているようなものだ、と説明してくれた。でも、その「買える奴」があらわれなかったらどうなるのかと重ねてたずねたところ、あの種の本は時間さえかければ、どんな高い本でも必ず売れる。ようはその時間に耐えられるだけの資金力があるかどうかだ、できるならおれだって、あんな商売をしたいよ、もっとも、あのカタログのなかには、なんでもない本なのに、ただ高くしてあるだけのガセネタも多少はまじっているがね、と本屋は答えて、肩をすぼめた。

　私はこの話を聞いて、古書の価格というものについて深く考えこまざるをえなかった。すなわち、流通している相場にしばしば登場する本なら価格はいわば自然に形成される。ところが、その相場と隔絶したところであらわれる本は、売り手と買い手の絶対評価がまともにぶつかりあって、どちらかがへたばったところで価格が決定されるわけだから、これはもう審美的な決闘というに等しい。とするなら、超一流のコレクションはそれ自体が、数々の決闘をくぐり抜けてきた満身創痍の「芸術作品」ということになる。こう考えて、わがコレクションを見渡すと、「芸術作品」などとは言うもおこがましい、まったくのガラクタの山に見えてきた。

雨降ればいつも土砂降り

高校の英語でならったことわざに、「雨降ればいつも土砂降り」というのがある。長いあいだ日照り続きで、雨よ降れといくら祈ってもなかなか降ってくれない。そのうちようやくポツリときたかと思うと、あとはたいへんな土砂降りで、もう降らなくてもいいという心境にさえなる、といったような意味で、適度な間隔を置いたり適量を配することができないことの譬えに使うようだが、古本の場合、まさにこのことわざがぴったりくるような経験を何度も味わっている。

ロマン主義時代の奇想の挿絵画家アメデ・ヴァランが挿絵を入れたウージェーヌ・ニュー＆アントニー・ムレー著の『野菜の帝国』と『蝶々』を手に入れたときの経緯は、まさにこのケースだった。

この二つの本を最初に見たのは、十二年前、一年間のパリ滞在が始まった最初の週のことである。まずヴォジラール通りの古書店で『野菜の帝国』を発見した。そして、擬人化された野菜たちが権力争いをするというその奇想天外な挿絵に度肝をぬかれた。値段を見ると三千フランとある（この頃は一フラン三十円）。当時、私は、「①コレクション一点につき上限をもうけよ②コレクションのフィールドを限定せよ」という、（《あの真っ赤なドレスを君に》の）荒木一郎のコレクター心得を金科玉条のようにしっかりと守り、「①一点につき二千フラン②コレクション・フィールドは十九世紀パリ風俗」と決めていた。したがって、これはフィールドからも外れるし、上限価格も越えていることになる。しかし、見れば見るほど心ひかれるものがある。はっきり言ってしまえば、喉から手が出るほどに欲しい。だが、一年間の研修費として学校から渡された金額は家賃・生活費すべてを含めてわずかに七万フランである。月割にすれば一カ月六千フラン弱にすぎない。つまり、ここで三千フランの本を買ってしまえば、あとは家賃も残らないということである。おまけに、先はまだ長い。やはり、ここはあきらめざるをえない。

そう思って、泣く泣く本を棚に返し、虚ろな気持ちでサン＝ジェルマン大通りに出ると、こんどは別の古書店で、なんと『野菜の帝国』と『蝶々』を二冊セット五千フランで売っているではないか。『蝶々』は『野菜の帝国』以上にすばらしい本である。だが、この二冊を買ったら、一カ月ホームレスを覚悟するしかない。かくして今度も断腸の思いでそこをあとにした。

それから、数カ月たった。もはや荒木一郎の教訓などはとっくに無視されていた。上限は五千フラン、一万フランとつぎつぎにアップされ、コレクションのフィールドの限定もなくなっていた。しかし、そのときには、当然ながら、『野菜の帝国』も『蝶々』もとっくに売れてしまっていた。そして、結局一年間の滞在期間中には、ふたたびこの二つの本にお目にかかることはなかった。

さらに数年がすぎた。日本に帰った私は、相変わらずの金欠にもかかわらず世界中の古書店からカタログを取り寄せ、おまけにオークションにまで手を出すようになっていた。もちろん、上限価格などは懐かしい思い出でしかなかった。しかし、例の二冊はいくらデジデラータ（探究本リスト）を送っても手にはいらなかった。

ある日、パリの古書店からファックスが届いた。「『蝶々』を見つけた。八千フランでどうだ」。もちろん私は小躍りしてOKのファックスを送り返した。すると翌日、別の古書店から「『蝶々』と『野菜の帝国』二冊で一万フラン、要即答」とまたファックスが入った。私はあわててこの古書店にもOKの返事を送り、前日の古書店に取消しをたのんだ。だが、無情にも「発送済み」のファックスが送られてきた。土砂降りはまだ続いた。こんどはオークションのカタログに『野菜の帝国』の極美本が二千フランで出ているではないか。私は破れかぶれでこちらにも入札した。

かくして、数年間のブランクのあと、我が家の書庫には突然のように『蝶々』と『野菜の帝国』の帝国ができあがってしまったのである。あのとき五千フランでセットを買っておけばこんなことにはならなかったのに。雨降ればいつも土砂降り。

『蝶々』と『野菜の帝国』の帝国！

フランス国立図書館にない本

古書店のカタログの記述というのは、原則的にモノとしての本についてであって、その内容についてのコメントはないのが普通である。初版か再版か、装幀がシャグラン革かモロッコ革か、あるいは図版が何枚はいっているか、などという物質的なことについては実に詳しく記載されているが、粗筋や内容に対する評価などは、すでにみんなが承知していることとして、一切無視してある。

これはもちろん、カタログを読む相手の意思を正確に反映している。すなわち、古書蒐集家という人種は、一つ一つのモノとしての本にのみ関心をもっているのであって、メッセージとしての本にはとんと関心がないからである。

この点は古書店主とて同じで、自分が扱っている本を読むなどということはまず絶対にないとみてよい。

ところが、フランスの古書店主のなかには、自分のカタログにのせる本をしっかり読んでその的確なレジュメを書きつける変わり種がいるのだ。しかも、そのカタログに登場するのは、これぞ珍作奇作の極めつけといったものばかりで、こちらがまったく知らない作家の突拍子もない物語や、いったいどんな精神がこんな風変わりな挿絵を描いたんだと叫びたくなるような挿絵本などがずらりとならんでいて読む者を飽きさせない。

特におもしろいのは「狂人文学者もの《フー・リテレール》」のジャンルに分類されるユートピア小説や空想旅行記の類いで、解説につられてつい注文を出してしまうことも多い。こんなカタログが届いたら最後その日は一日まるまる潰れてしまう。

シェルシュ＝ミディ街のI書店のカタログはその典型で、一番新しいカタログには、ベルビギエなる著者の書いた『ファルファデ、あるいは、すべての悪魔は別世界にいるとは限らない』（一八二一年刊）という本の紹介が、キナールという画家の手になる奇妙な石版挿絵とともに、こんなふうに紹介されている。

「幻覚者の書いた本のなかでも、もっとも奇妙で、もっとも有名な本。稀覯本中の稀覯本である。なぜなら、著者は出版後、後悔の念に捉えられ、印刷した本のほとんどを廃棄処分にしてしまったからである。ベルビギエは、完全に幻覚と狂気に覆われた世界に生き、彼がファルファデ（妖鬼）と名付けた悪魔に迫害されていると信じている。アヴィニョンの医者たちが治療を施したが、彼を狂気から覚ますことはできなかった。そこで、彼は有名なピネル博士に診てもらったが、ピネル博士も救うことができず、逆にこの哀れな幻覚者の恨みを買ってしまった。本書の中で、ピネル博士は、彼を迫害するファルファデの一味の親玉にされている。夜になってファルファデたちが毛布の上で暴れまわると、彼はタバコを空中に投げる。すると、怪物たちはまるでハエのようにバタバタと落ちてゆく。（…）」

この記述を読み、添えられた石版画を見て、なおかつ買いたい気持ちが起こらない人は、初めから古本コレクターなどと名乗らないほうがいい。

同じカタログには、かの有名なホラース・ウォルポールの未発表小説をポーアルネーが翻訳したと称する『ロゼイドとヴァルモール、あるいは傲慢の犠牲者』という題の暗黒小説について、次のような説明がついている。

「マルク・ロリエが《ウォルポールの知られざる極めて珍しい作品》と呼ぶ小説の、フランス語版。大変な稀覯本。（…）本当にウォルポールの作か否かは大いに問題のあるところだが、いずれにしろ、テクストは無類の珍品で、ブランシャールの銅版画は奇妙奇天烈なものである。地下牢で犠牲者たちに鞭打ちする僧侶を描いたその一枚は、サドの『新ジュスチーヌ』を連想させる」

ここまで来ると、古本屋のカタログなどではなく、りっぱな書誌学の研究書である。古本を売ることよりも、自分が見つけだした珍品や稀覯本を人に教えたいがために、古本屋をやっているとしか思えない。しかも、学識は、そんじょそこらの研究者では太刀打ちできぬほど豊かなものがあり、時には、ただ珍品、稀覯本を紹介するだけではなく、自分の見つけだした古本がどれほどの価値のものかを、伝記、研究書などを広く渉猟して確定しようとする姿勢すら見せる。少し前のカタログには、フリードリッヒ・クリンガーの『ファウスト博士の冒険』(一七八九年)のフランス語版について、文学史的な知識を動員してのこんな解説が加えられているのだからすごい。

「フランス語への最初の翻訳であり、なかなかの稀覯本。ネルヴァルがファウスト神話に興味を抱くきっかけとなった源泉の一つ。彼の戯曲『ハーレムの版画絵師』では、この作品がストーリーに取り入れられ、ファウスト博士の代わりにロラン・コステールという名前になっている。シャルル・モンスレはこう書いている。《ネルヴァルは三十年以上もこの本を捜し続けていた。彼が最初にこれを見つけたのは、ボーマルシェ大通りの露天商人の売り台の上だった。ネルヴァルはまずその挿絵の奇妙さに引き寄せられたのだ。それは巨大なリヴァイアサンを描いたものだった。彼は値切ってみたのだが、古本屋は目の飛び出るような金額を要求したのだった。……》」

ネルヴァルが魅せられたというその挿絵が横に掲げられていることはいうまでもない。

こうした珍品や稀覯本は、検閲のための国立図書館（B・N）への法定納本制度の埒外にある私家版、秘密出版のことがおおいので、記述の最後にはきまって「これはフランス国立図書館には納本されていない」という一言がいかにも自慢げに添えられている。我々、日本の研究者は、B・Nにはすべての本がそろっていると思い込んでいるが、I書店のカタログを読むと、そんなものはまったくの幻影にすぎないことがわかってくる。

極端にいえば、B・Nにあるような本を扱っているようでは、まだ一流の古書店とはいえないのだ。げんに、今日着いた、ヴィスコンティ街のB書店のカタログに載っているのは別に珍作ではなくフロベールの『ボヴァリー夫人』だが、なんとこれは『ルヴュ・ド・パリ』に連載された『ボヴァリー夫人』が単行本としてミシェル・レヴィから出版されるよりも一足先にドイツの出版社から出された海賊版で、初版本以前に出版された初版本というとんでもない代物である。たしかにこれではフランス国立図書館も持っていないわけである。

お客様は人間

これは、フランスに行くたびに感じることなのだが、フランスでは「お客様は神様です」という思考法が存在しないようである。とりわけ古書業界ではその傾向が強い。

たとえば、ある古書店からカタログが届くたびに毎回何十万円単位で注文を出しているとしよう。そして、支払いも滞りなく済ませているとしよう。日本でなら、すでに上得意扱いで、直接その店に出向いたら、それこそ下へも置かぬもてなしを受けるはずである。

ところが、フランスでは、こうした勝手な思い込みはきれいさっぱり捨てなければならない。というのも、フランスの古書店ではカタログでいくら大量注文を出していても、けっして上得意として扱ってはくれないからである。フランスに出掛けたついでにその店に立ち寄ってこちらの名前を告げてみても、「なにしにきた」とでも言わんばかりの接客態度に出会ってガッカリすることも二度や三度ではない。

もちろん、なかには、金満家の日本人と見て、揉み手するような態度に出る店主もないわけではないが、それはごくごく少数派である。たいていの店は、いくら大口の客でも、特別扱いすることはけっしてない。

といっても、これは人種差別なのではまったくない。つまりどの客に対してもこうなのである。彼らは、自分がプロとして自信をもって価値を算定し、これにリーズナブルなマージンを乗せた古書を売るのだから、買ってもらったからといって、いささかもへりくだる必要はない、ましてや大口客が店に来たからといって、床に顔を擦り付けるなどもってのほかと考えているのである。なかには、たんに性格が傲慢で態度が悪いだけの奴もいることはいるが、愛想のないのを悪意のしるしと取ってしまうのは誤りである。

そのかわり、一見の客であっても、日本の商店のように邪険な扱いをされることはない。客が求めている本の題名を告げ、そして、それが店にあれば、どれほど貴重な本であろうと、躊躇することなく売ってくれる。稀覯本は、なじみ客に取っておくというような姑息なことはしない。

　ここから導きえる結論はひとつしかない。商行為が正当なものであるかぎり「客は神様ではなく対等な人間だ」ということである。古書業者はリーズナブルなマージンで利益を得る。客は探している本を正当な価格で買うことができる。まさにギヴ・アンド・テイクの関係である。だったら客が威張っていい理屈はどこにもない。客がいくら大口の注文をしようが、そのつどギヴ・アンド・テイクの関係が成り立つのだから、とくに感謝をする必要もない、というわけだ。

　最初はこうした接客態度に面食らうが、慣れてくるとこれはこれで悪くないと感じるから不思議である。「神様」でなく「人間」であっても別に不愉快ではない。むしろ、変に恩を着せられたりすることがないので、プレッシャーを感じないで済む。

　もっとも日本に戻ってきたとたんこの「人間宣言」は破棄される。「神様」でいるほうが気持ちいいにきまっているからである。

アンチック屋の古本

古本好きな人間というものは、だいたいだれでも同じだと思うが、どんなに汚らしい店構えの古本屋だろうと、それが古本屋である限り、前を素通りすることができない。もしや、という気持ちが働くからである。

とはいえ、和書の場合は、古本屋以外のところでは古本を売っていないから、それでもまだいい。

ところが、洋古書に関しては、最近、困ったことが起きている。日本でも、洋古書店のほかに、もうひとつ吸引力をもつ店が増えているからである。ヨーロッパのアンチック家具を扱う骨董屋がそれである。

というのも、こうしたアンチック屋では、本棚や書斎家具を引き立てるためにヨーロッパの古本を数冊置いているところが多いので、この古本が気になってしかたがないのだ。

もちろん、こうした洋古書は、本棚や書斎家具のための「装飾」にすぎないから、いちおう立派な革装幀は施してあるものの、実際には百科事典や全集本の端本などがほとんどで、古書としての価値は限りなくゼロに近いものばかりである。しかし、そんなことはとうにわかっていても、アンチック屋に入れば、足をとめて背表紙の金文字を読み、クズ本だということを確認しないと気がおちつかない。というよりも、アンチック屋があれば、必ず足を踏み入れて、この儀式を行わないと、モヤモヤした気分が残るのである。九年前に家を建てようとしたときには、住宅展示場のモデル・ハウスに入っても、かならずこの「点検・確認」をやっていた。

もっとも、幸か不幸か、こうした場違いな場所で掘出し物に出会ったことはまだ一度もない。いや、正確には、「日本では」一度もないと言うべきだろう。なぜなら、フランスでは何度かこうした「思いがけない邂逅」をしたことがあるからだ。日本で「点検・確認」を続けているのは、ほかでもない、このときの経験がもとになっているのである。

あれは、十一年前、住んでいたアパルトマン近くのアンチック屋でのことだった。通りがかりに、ショー・ウィンドーをのぞくと、ルイ十五世様式の書棚に、十八世紀風の子牛革装幀の美しい小型本が八冊置かれている。書棚自体は、あきらかにレプリカだが、本のほうは、小型本であるところから見て本物の十八世紀本らしい。しかも八冊すべて同じ装幀だから、なにかまとまった個人全集のようだ。背表紙の字は小さいが、Paris という字だけは識別できる。

このとき、ピーンとくるものがあった。もしや、ルイ＝セバスチャン・メルシエの『タブロー・ド・パリ』ではないか。メルシエのこの古典は、何度か版を重ね、そのたびに増補されていったが、なかでもっとも完璧な版とされている一七八二―一七八八年版の十二巻本は通常八冊に装幀されている。ガラスに顔を擦り付けるようにして目を凝らすと Mercier という著者名も見える。もうまちがいない。『タブロー・ド・パリ』のあの八巻本だ。

家具には二千フラン（当時の一フラン三十円のレートで六万円）の値段がついているが、本はあくまで「装飾」のようだ。どうやら、アンチック屋の経営者は、本の価値には気づいていないらしい。一七八二―一七八八年版の『タブロー・ド・パリ』は、状態のよいものなら八千フラン（二十四万円）、並のものでも五千フラン（十五万円）はするから、もし、うまく交渉して安く買えれば、これは大変な掘出し物になる。

そう思いながら、アンチック屋のガラス扉を押すと、店の奥から、アンチックはもちろん古本のことについてもなにもわかっていそうもないアルバイトの女性が出てきた。しめた！　これなら、安く叩いて買うことができる！

そこで、できるかぎりつまらなそうな顔をして「あの書棚の本は売り物か？　売り物ならいくらだ？」とたずねた。

アルバイト嬢は一瞬なにか考えるような顔付きをしたが、すぐに「あれは売り物ではないが、興味があるなら売ってもいい。ただし、今、主人《あるじ》がいないので、値段はわからない。午後には帰るから、もう一度出直してくれ」と答えた。

この答を聞いて、心に悪い予感が走った。

予感は的中した。午後にアンチック屋にもう一度足を運ぶと、アルバイト嬢は、残酷にも、こういい放った。「本は売ってもいい。ただし、あれは非常に価値のあるものなので八千フラン」。

こういうのを藪蛇《やぶへび》というのだろうか。本のことを尋ねたりしたので、主人がきっと知合いの古書店に問い合わせたにちがいない。評価額ぴったりの値段を出してきた。いかにも聞き方がまずかった。

アンチック屋を出ながら、ショー・ウィンドーのほうにもう一度目をやると、書棚はもとのままの二千フランだが、『タブロー・ド・パリ』にはすでに八千フランの札が麗々しく掛かっている……。

そのとき、「アッ!」と叫んで天を仰いだ。なんて、俺は馬鹿なんだ! あのとき、本の値段などたずねずに、黙って二千フラン出して書棚ごと本を買ってしまえばよかったんだ!

それからというもの、アンチック屋では絶対に「装飾用」の本の値段は聞かないことにしている。

愛書狂K助教授のクレージーな生活

パリのBという古書店からカタログが届いた。ここは、状態がよくて安いうえに、私の蒐集分野も扱っているまことに得難い本屋なので、封筒を破る指も心なしか震えてくる。果せるかな、オーギュスト・ルペール挿絵入りのユイスマンス『さかしま』(一九〇三年)が載っている。価格は七万五千フラン、邦貨にして二百万円弱である。この本は「愛書家百人協会」のために百三十部限定出版されたベル・エポック期最高の挿絵本のひとつに数えられるもので、イリュストレ・モデルヌ(二十世紀挿絵本)のコレクターなら死ぬまでに一度は手にしてみたいと願う超豪華本である。残念ながら私はまだ所有していない。

状態の記述を読むと、さる有名な装幀家の手になる緑色のモロッコ革の極美本とある。この版の『さかしま』は、仮綴でも最低五万フラン、マリユス・ミッシェルなど一流の装幀家の手になるものだと二十万フラン（五百万円）はするから、これはかなり安い。それどころか、たいへんなお買い得である。もっとも、これは相対的に安いのであって、絶対的には高いに決まっている。おまけに、こちらは、薄給の大学教師の身である。常識的に考えればこんなものが買えるわけがない。にもかかわらず、私は思わずファックスのボタンを押しそうになったが、いくらなんでもこれだけ借金をしている私にさらに金を貸してくれる銀行もないだろうと思いかえして、ファックスの受話器を置いた。

それにつけても、よくもまあ借りまくったものだと我ながら感心する。同時に、いくら土地と家を担保にしていたにしても、わたしのような安月給取りにこれだけの金を貸しこんだ銀行のほうもどうかしていると思う。バブルが去ってみれば、まさに狂気の沙汰だったとしかいいようがない。

ただ、それでも、ひとつだけ、銀行というのはたいしたものだと思ったことがある。それは、こちらが古書を買うというと絶対に金を貸そうとはしなかったことである。車を買うとか、旅行に行くという口実だと、どうぞお使いくださいと金を貸すくせに、「借入理由」の欄に「古書買入」と書くと、とたんに行員の顔が厳しくなる。この理由ではまず稟議を通りませんね、とニベもない。たとえ担保を入れてもダメだという。借りた金を旅行に全部使ってしまってもかまわないが、古書を買うのは認めないというのは理屈としておかしいじゃないか、別に博奕や女につぎ込むわけでもないのに、と言っても始まらない。そういう前例がありませんから、の一点張りである。

そういわれてみれば、たしかに、古書を買うために銀行から借金するというのは前例がないのかもしれない。ところで、銀行にとって、前例がないということは、即、世間的常識を逸脱していると解釈される。そしてそこから、世間的常識を逸脱している奴は、頭がおかしい奴だという結論が出てくる。事実、古書蒐集というのはまぎれもない狂気の一種であり、これは、その当人が一番よく知っている。なるほど、頭がおかしい奴には金は貸せないというのは道理である。さすがは銀行、このところの論理しっかりしているな。預金者から見れば、銀行たるものこれぐらいでなくては困るわけだ。今度、なにかで大儲けしたら、この銀行に預金することにしよう。

ただ、荒俣さんがいっていたように、金ならどうにかなるが、古本は一度取り逃がしたらいつまたお目にかかれるかわからないのだから、俺のような男に金を貸さない銀行は偉いとばかり感心もしていられない。なんとか銀行をだまくらかして金を借りる算段をするほかはないが、最近は審査が相当に厳しくなっている上に、土地価格の下落で担保価値がさがっているから、容易なことでは貸してくれない。

しかし、今回だけは、なんとしても金をつくらなければ、『さかしま』を手に入れる千載一遇のチャンスをみすみす取り逃がすことになる。買うも地獄、買わぬも地獄なら、いっそ買う地獄のほうを選んだほうがいい。ええ、ままよ、銀行が貸してくれないなら、サラ金でも暴力金融でもなんでもいい、なんとしても金を作るんだ！　と叫んで、ついに買い注文のファックスを入れた。待つこと数分、折り返しのファックスが届いた。『さかしま』は売却済みと書いてある。

ああ、よかった。ほっとした。とりあえずは、破産→一家離散→ホームレスの運命は回避された。買えなくて本当によかった。先に買ってくれたお方、どこのどなたかは存じませんがありがとうございます。感謝してます。あなたはわが家の恩人だ。

しかし、考えてみれば、買えなくてうれしがるというのも変な話である。だれだって、それなら、初めから、買い注文など出さなければいいのにと思うだろう。ところが、買い注文を「入れない」のと、注文を「出したにもかかわらず買えなかった」のとは、本が手に入らなかったという現象面では同じなのだが、心理面では、これがまったく違うのだ。たとえてみれば、オリンピックに参加できたのにしなかったのと、参加したが敗れたのとの違いである。後者の場合、とにかく、やれるだけはやったのだという爽やかさが残る。

だが、こんなことを「爽やかだ」などといっているとは、いよいよ、倒錯も本格的な段階に突入したと断定するほかはない。バルザックの世界が現実のものになってきた。『従兄ポンス』のポンスや『絶対の探求』のバルタザール・クラエスを待ち構えていた悲惨な運命が我身にも迫りつつあることをひしひしと感じる。私の書いたものを面白いといってくれる人もいるが、実は、友人のYさんがいみじくも言ったように一番面白いのは私の生活なのである。こうなったら、私もバルザックにならって『愛書狂K助教授のクレージーな生活』という題の小説を書く以外に手はない。そして、それで大儲けして、また古本を買い込もう……。

それにしても、こんなことまで書いてしまっていいのかしら！

後記。例の『さかしま』を買ったのは、のちに、日本人の愛書狂仲間だと判明した。チクショー、殺してやる！

さらなる後記。この本の出版後、めでたく教授に昇進した。しかし借金のほうはいっこうに減らない。借金というのは一定限度を超えると、いくら返済しても減らないそうである。

間奏曲の装画は、いずれもグランヴィル『もう一つの世界』より

viii 複製芸術の味わい方

意外に思われるかもしれないが、私は、あまり、石版画《リトグラフィー》というものが好きではない。もちろん、石版画の出現とともに複製芸術の時代が到来し、シャルル・フィリポンの「シルエット」や「カリカチュール」、「シャリヴァリ」などの絵入り新聞が、リトグラフィーを駆使して「イコン優勢」の時代を築いたことは疑いの余地がない。げんに、これらの絵入り新聞は、私が蒐集の情熱を燃やしているジャンルのひとつでもある。

にもかかわらず、木口木版や鋼版などと比べると、石版画にはいまひとつ愛着が湧いてこないのだ。最初は、この愛情の欠如がどこからくるのか自分でもよくわからなかったのだが、そのうち、版画の技法について知るにおよんで、なぜ、リトグラフィーを愛せないか、その理由が呑み込めたような気がした。

愛せない理由、それは、いささか逆説めくが、石版画の「直接性」、つまり、画家が、他の彫り師、刷り師の手を借りずに、自分で直接、版を製作できるという「無媒介性」にある。もちろん、だからこそ石版がいいのではないかという人もいるだろう。しかし、私には、この「無媒介性」は、むしろ複製「芸術家」という「個」が確立した二十世紀にこそふさわしいものであって、「匿名性」を旨とする十九世紀の複製芸術の本当の良さを欠いているように思えてならないのである。

だが、いきなりこんなことを言っても、版画の技法について詳しくない読者にはなんのことかさっぱりわからないにちがいない。しかし、かといって、版画の技法を言葉で説明するのほど大変なことはないから、ここはひとつ、石版画がどのような偶然で生み出されたのか、そのエピソードを語ることによって技法の説明に代えることにしよう。

*

十八世紀の末、ゼネフェルダーという貧乏なチェコ人劇作家が野心に燃えてバイエルンの首都ミュンヘンにやってきた。自作の戯曲を出版してもらおうと考えた彼は、いくつかの出版社を当たってみたが、どこでも軽く門前払いをくわされた。ならば、いっそ自分で印刷できる方法を発明しようと、銅版刷りを試みてみたが、費用がかかりすぎて破産の寸前まで追い込まれた。そこで、バイエルンで産出されるゾレンティーフェンという滑らかな表面の石灰石を版につかってみることを思いついた。しかし、最初のうちはなかなか思うような結果をえることができない。ところがあるとき、たまたま手元にメモ用紙がなかったので、洗濯屋に支払う勘定を、その石の上にインクで書きとめておいたところ、石にエッチング用の稀硝酸がかかって、化学変化が起こっているのに気づいた。蠟と石鹼とシェラックと煤を混ぜあわせて作ったインクで数字を記入した部分は油性物質を受け入れるのに対し、それ以外のところでは水分を吸い込むのである。この化学変化を見た瞬間、ゼネフェルダーは、凸版でも凹版でもないまったく新しい印刷術を発明したことを知った。つまり、こうして水性と油性に二分割された石面を、まず水で濡らしてから、次に印刷用の油性インクをローラーで乗せてやれば、そのインクは絵や文字を描いた部分にだけ集まるから、あとは紙を当てプレスすればいいのである。ゼネフェルダーは、この発明を、ギリシャ語で石を意味する「リト」という言葉を用いてリトグラフィーと命名し、さらに改良を重ねて、ヨーロッパ諸国を回って、公開実験の旅に出た。ときに、一七九九年のことだった。

*

このように、石版画は、刷りの元になる原版の絵を画家自身が描くところに特徴がある。なかにはデッサン用紙に原画だけを描いてあとは職人に託す画家もいたようだが、むしろ、石版画独特の味わいを愛して、この中に自己表現の手段を見いだす画家のほうがはるかに多かった。のちに、水溶性の被膜で覆った転写紙が登場すると、左右反対にする必要もなくなって、この紙に描いた絵をそのまま石版に張りつけるだけでよくなったので、原画はますます、画家自身が描くようになった。もちろん、石版の上の絵を印刷にまでもっていくにはかなり高度な熟練が必要なので、この過程は専門の職人が引き受けていたが、それでも、石版画は画家が直接描くという「無媒介性」を売り物にしている点は変わらない。

私は、ここのところがなぜか嫌いなのである。つまり、複製芸術は、オリジナルの優劣のほかに、その複製テクニックの優劣そのものを味わう複眼的鑑賞態度を前提としているはずなのに、石版画にはその過程がない。オリジナルと、複製されてげんに私の目の前にあるものが同じというのが、どうも解せない。いいかえれば、オリジナルと複製の間に、化学反応しかなく、「人間」が入っていないという点がいまひとつ気にくわないのである。逆にいえば、私は、石版画以外の複製技法において、オリジナルを複製に変えるために動員された十九世紀的な匿名の「人間の技術」、つまり職人仕事を限りなく愛しているということになる。そして、十九世紀の挿絵本、イリュストレ・ロマンチックの醍醐味は、まさにここにある。

＊

イリュストレ・ロマンチックで、石版画をつかっているものには、ドラクロワの『ファウスト』やドーミエの『一〇一のロベール・マケール』のような傑作もあるが、数から言えば、意外に少ない。石版画は、活字と一緒に刷ることができず、別刷りにするほかないからである。そして、この「別刷り性」が、石版画を挿絵本にいまひとつなじまないものにしている。リトグラフィーは、むしろ、テクストから独立したファイン・アートとして、その魅力を味わうべきものであり、ベンヤミン風に言えば、その価値は「展示的」である。

反対に、イリュストレ・ロマンチックで圧倒的に多いのが木口木版である。木口木版は、先に述べたように、厚みのある板を使った凸版なので、活版と自由に組み合わせることができる。そして、この「組み合わせ性」が、木口木版を、「テクストと挿絵」の融合した「挿絵本」という独特の芸術にもっともマッチした技法にしている。これもまたベンヤミンの言い方に従えば、木口木版の価値は、テクストとともに一人でひそかに楽しむべき芸術という点で「礼拝的」である。

ところで、この木口木版は、その原版をつくるにあたってはきわめて専門的な高度の技量が要求されるので、必然的に原画を描く挿絵画家(版画の中に del. と表記)と、それを版木に起こす彫り師(同じく sc. と表記)とは分離することになる。いや、正確にいえば、挿絵画家と彫り師の間に、もう一人、原画を版木に引き写す係の画家が必要となる。なぜなら、画面の左右逆転という性格を別にしても、木口木版の原木を彫るには、画家のラフ・デッサンとはまた次元の異なった表現方法、つまり細線だけを駆使した二次的原画が必要となるからだ。すなわち、木口木版においては、オリジナル原画は、二次的原画の文法にしたがってそれを版木の上に転写する職人と、さらにその二次的原画を彫る職人によって二重のデフォルマシオンを蒙るわけである。

挿絵画家の中には、グランヴィルのように、自分のオリジナル原画が、こうして二重に変形されることに耐えがたい思いをするものもあったようだが、我々コレクターからすると、このデフォルマシオンによる木口木版画の出来不出来がかえって大きな魅力になるのだ。というのも、同じグランヴィルでも、転写師と彫り師の腕前が良ければ、出来上がっ

『101のロベール・マケール』

同書（ドーミエ挿絵）より

た木口木版は、原画と同じぐらい、いや原画よりも素晴らしいものになることさえあるからだ。たとえば、『ラ・フォンテーヌの寓話』と『動物たちの私生活・公生活情景』は、転写はグランヴィルの弟子のオーギュスト・デスペレが、彫りは、ブルヴィエールを始めとする一流の彫り師が担当しているので、特別に優れた仕上がりになっている。グランヴィルはそれでも不満だったようだが、今日の我々の目からすると、これだけの彫りをしてもらって文句を言うのは贅沢なような気がする。

しかし、この二つ以外のグランヴィルの木口木版本はたしかに、多少画質が落ちる。とりわけ、グランヴィルの死後出版されたガルニエ版の『当世風変身物語』や『百のことわざ』は、かなり雑な彫りになっている。これは、存命中は、グランヴィルが転写にも彫りにもいちいち細かな指図を行っていたのが、死後は、それもかなわなくなってしまったからなのだろう。

このように、イリュストレ・ロマンチックの木口木版では、転写師と彫り師という、石版画ではありえなかった要因が入り込んでいるので、鑑賞の態度はかなり複雑になる。つまり、目の前には存在しない原画を、その木口木版によって想像すると同時に、木口木版それ自体の完成度、技量といったものもまた鑑賞しなければならないのである。いいかえ

『レ・ゼトワール』

れば原画の巧拙という要素の組み合わせで、四通りの評価がでてくるわけで、たとえば、原画・巧、木口木版・巧となれば、その挿絵本は、当然、評価が高く、値段もそれに応じるが、反対に、原画がよくても、木口木版・拙となれば、印刷部数がたとえ少なくとも、評価や値段はあがらない。原画も木口木版も悪いのは論外である。

これとまったく同じことが、鋼版や銅版を使用したイリュストレ・ロマンチックについても言える。グランヴィルでも、鋼版で原画を起こした『フルール・アニメ（変身する花々）』と『レ・ゼトワール（星々）』は、原画も彫りも、ともに優れているので、価格は高いが、『ドン・キホーテ』は、鋼版の彫りが原画の味わいをまったく損ねてしまってグランヴィルらしさがどこにも感じられない。初版は稀覯本だが、高い金を出して買う必要はないと思う。

もちろん、複製技法に、原画制作者以外の人間の介在するこうした挿絵本の複雑さは、煩わしいといえばたしかに煩わしい。第一、原画というものは、どこかに保存されてでもいないかぎり、我々はこれを見ることはできないのだから、はたしてそれが本当に良いものか否かは、版画を介して知るほかはなく、厳密には原画の巧拙はわからない。わかるのは、介在する職人芸の巧拙だけである。そして、転写と彫りが素晴らしい場合にのみ、我々は、原画の巧拙を知ることができる。しかし、不思議なもので、原画が悪いのに、転写と彫りだけが良いということはあまりなく、原画の良さと転写と彫りの良さはかならずといっていいぐらい連動している。とりわけ、両者の作業の間に時間的隔たりがない場合は、こう言い切ることができる。これが複製芸術の妙味だろう。

ところで、永遠に隠されたオリジナルを、それに限りなく密着しようとする匿名の職人

『レ・ゼトワール』(上)『フルール・アニメ』(下)

芸を通して想像する、というよりもオリジナルの執念が憑り移った職人芸そのものを愛するというこの態度は、ある意味では、女性の肉体そのものよりも、それを覆いかくしている下着、というよりも「下着で隠された肉体」というものに愛着を感じるフェティシズムを連想させる。たしかに、イリュストレ・ロマンチックの愛好家は、オリジナル信仰の強い二十世紀挿絵本《イリュストレ・モデルヌ》愛好家よりも、はるかに、その「気」があるのかもしれない。だが、フェティシストでない古書蒐集家などいるのだろうか。

*

話を石版画にもどすなら、私がリトグラフィーを愛せないのも、おそらくは、このあたりに理由があるのだろう。つまり、木口木版や銅版、鋼版は、オリジナルに「限りなく近い」ことに意味があるのに対し、石版画は、オリジナルと「同じ」ことに存在理由をもつ。私は、「限りなく近い」ことには愛着をもつが、「同じ」ということに対してはある種の居心地の悪さを感じるのである。

だが、まさにその同じ理由が、一般の人々にとっては、リトグラフィーを愛する理由になるから不思議である。版画の良さなど少しもわからない人々が、カシニュールやヒロ・

ヤマガタを争って買うのは、それが投資の対象として値上りの期待される商品であると業者に説明されるからでもなく、ましてや、その作品を本気で気にいっているからでもない。彼らが買うのは、まさに、それがリトグラフィーだからである。すなわち、リトグラフィーは、カシニュールなりヒロ・ヤマガタなりが、石版の上に、他人の腕を借りずに「自分で」描いたオリジナルを「限定数だけ」写しとった「同じ」ものだからというわけである。いいかえれば、オリジナルと複製の間に、人間という媒介項が存在せず、オリジナルと「同じもの」だから好まれるのである。写真製版の登場で逆にオリジナル信仰が強まった二十世紀に、リトグラフィーが復活した理由はここにある。

コピーだがオリジナル。ゼネフェルダーはまったく変なものを発明したものである。

ix 子供より古書が大事と思いたい

古本マニアの心理というのはどこの国でも同じらしく、フランスにも『全国古本屋ガイド』の類いの本が存在している。つまり、もしかしてあの幻の本がパリの片隅の、あるいは片田舎の古本屋にあるのではないかという妄執に取りつかれた古本マニアが全国の古本屋を虱潰しに歩きまわるためのガイド本である。もっとも、日本の『全国古本屋ガイド』もそうだと思うが、実際には相当数の誤記や漏れがあって、記載された場所に行ってみると、そんな古本屋は存在していないというケースも少なくない。また廃業する業者も跡を断たないので、改訂を毎年行っても完全なガイドとはなりえない。とはいえ、ないよりはましということで、古本屋巡りをするときは必ずこれをもって行くことにしている。

ところで、いかに開店時間がいいかげんなパリの古本屋だろうと、半年も滞在して毎日、それだけを目的に歩きまわっていれば、あらかたの古本屋はチェックし終わることになる。しかし、当然ながら、古本マニアの妄執はそれでも癒されることはない。幻の本がパリになければ地方を探してみよう、いやむしろ地方のほうが荒らされていないから、その分いいものが見つかるかもしれないという思考が働くのである。

というわけで、あらためて『全国古本屋ガイド』を開いてみると、パリから遠からず、しかも古本屋が何軒かまとまっている地方都市としてルーアン、トゥール、ナントなどが浮かび上がってくる。なかでも、ガイドの記述を読むかぎりでは、トゥールにはなかなかしっかりした良い古本屋がありそうである。ひとつ、ここに行ってみるか。そういえば、家族のものが、フランスにいながら、写真によく出ている夢のようなフランスのお城というものをまだ見物にいっていないと文句を言っていたので、トゥールでの古本探しをひそかに日程に組み込んだ「ロワール川沿いの城巡り四日間の旅」というのを提案してみてはどうだろう。これなら、お父さんは家族を家に置きっぱなしで古本屋歩きばかりしているという非難をかわすことができるかもしれない。おりから、季節もフランスで一番美しい五月である。ロワール川沿いの緑あふれる風景を堪能して、なおかつ古本も探せる。こんないいことはない。そうと決まれば、子供の小学校が休暇になる五月の下旬に、車でトゥールと城巡りへの旅に出発だ。

トゥールには、シャンボール、シュノンソー、アンボワーズの城を見物したあと、その日のうちに着くことになっている。どの城も、フランソワ一世からカトリーヌ・ド・メディシスの時代に使われた聞きしにたがわぬ名城だが、見物している最中にも、こちらの心はすでに古本屋に飛び、なんとか夕方の閉店時間の前にトゥールにつきたいと願っているから、どうしても旅程をせかせる結果になる。まるで子供のスタンプ・ラリーさながらで、一通り見物すると、はい終わりで、㊇のスタンプをペタン、さあ、つぎ行くぞという感じである。家族には、ホテルを予約していないので、早めにトゥールに着かなくてはならないと説明してあるが、どうもおかしいとは感じているようである。

彼らの疑惑はトゥールに着くとますます深まった。というのも、お父さんは、車を駐車させると同時に、ホテルを探すのではなく、例の『全国古本屋ガイド』を取り出して、古本屋のある場所を調べ始めたからである。古本屋は閉店してしまえばおしまいだが、ホテルには閉店時間はないというのが彼の説明である。先程までは、早めにトゥールに着かないとホテルが満室になってしまうといっていたのだから、ずいぶんといいかげんなものである。だが、幸いなことに古本屋がかたまっているセルリー街に手頃なホテルが見つかった。

しかし、家族をホテルに置き去りにしたまま、取るものも取らずに駆けつけたにもかかわらず、四軒あるうちの三軒はしまっていた。残りの一軒も、まもなく閉店ということでろくに見せてくれない。やはり、アンボワーズの城で、ガイドの城内案内とやらにつかまって一時間半もロスしたことが響いているようだ。外のショー・ウインドーに置かれた本を眺める限りでは四軒ともなかなか頑張っているように見える。しかたない。明日に希望をつなぐことにしよう。

次の日、午前中は四軒の古本屋はどこも閉まっているので、トゥールの市内見物と称して、他の街区に点在している古本屋の様子を見てまわる。結局、ホテル近くの四軒だけが、覗く価値のあるA級ないしはB級の本屋で、ほかはゾッキ本屋ということが判明する。

さて、待ち兼ねた午後である。はやる心を押えて、まずは、Dの店の扉を押す。うーん、これはすごい。とにかく大変な量である。本の質からいったらB級の本屋かもしれないが、それにしても、これだけの量を揃えるのは並大抵のことではない。主人は下町のおかみさんといった感じの威勢のいい年配のマダムで、とくに得意ジャンルはなく、リーヴル・アンシャン（革命以前の本）からリーヴル・モデルヌ（二十世紀本）までなんでも扱っているという。『全国古本屋ガイド』に「一九二六年創業。十六世紀から二十世紀までの文学関係の美本を幅広く扱っている。廉価本も排除していない。歴史関係の本、版画もある」と書かれている通りの内容である。隣も古本屋かと思ったら、中でつながっていて、そこもマダムDの店である。最近は、体がきついので、あまり整理していないが、お探しの本があるなら、お好きなだけ時間をかけて見ていってくれという。パリの本屋ではこうはいかない。地方では時間がゆっくり流れているからなのだろう。まるで、宝の山にわけいったアラジンの盗賊のような心境で、本棚の上から下まで、迷路のようになった店内をじっくり見て回る。本の多くは埃をかぶったままだが、状態はけっして悪くない。値段は、十年ぐらい前のそれである。もしかすると、これは当たりがでるぞ、という予感がしてくる。

しかし、なぜか、置いてあるのはすでに持っている本ばかりである。値段は、持っているものよりはるかに安いが、もう一冊同じものを買いもとめるというほどのものでもない。雰囲気的には、いかにも当たりが出そうな感じなのだが、実際はなかなか出ない。こういうときはなんとももどかしい。もう少し丹念にさがせば、あるいは掘出し物がと思ったりするから、どうしても適当なところで切り上げることができないのである。

そんなとき、こちらの態度から心の中を見すかしたのか、マダムDが、隣の店は倉庫に使っているのだが、それでもいちおう見てみるか、といってくれる。こういうことも、パリではあまりない。未整理の本というのは、まだレフェランス・ブックに当たって値段を確定していないので、客からいきなり見せてくれといわれても断る店が多いのだ。やはり、地方には来てみるものだと感動する。

倉庫の中は、ものすごい乱雑ぶりである。本棚と本棚の間の通路にも、うずたかく古本が積み上げられている。その中の一角に、焦げ茶色のシャグラン革装幀の本が十数冊まとまって置かれているのが目に入った。背表紙のタイトルが小さくてよく見えないのだが、サイズの大きさからすると、新聞の合本のようである。もしかすると、探している『イリュストラシオン』か『モンド・イリュストレ』かもしれない。しかし、マダムの答は意外だった。『十九世紀ラルース』十七巻であるという。

なぜ、『十九世紀ラルース』という答が意外だったかというと、これまでこうした装幀の『十九世紀ラルース』を見たことがなかったからだ。『十九世紀ラルース』には、一般に、装幀の色によって、黒本、緑本、赤本の三種類がある。いずれも、ラルース書店があらかじめ装幀した、いわゆる版元装幀の本である。このうち、黒本と緑本は、ボール紙にペルカリーヌという綿生地を張り付けたヤワな装幀で、長く使っているとかならず背表紙が剥がれてくる。勤め先の大学の研究室に置いてあるのはこの黒本で、すでに相当傷みがきている。個人的にはこの辞典をまだ所有していなかったので、フランスにいる間になんとか状態の良いものを見つけようと思っていた。しかし、状態の良い赤本の革装本は一万フランを越えているので、いつも二の足を踏んでいたのである。

マダムDの店の『十九世紀ラルース』は、この赤本よりもはるかに状態の良い堅牢な自家装幀本だった。おまけに、四つの角にもちゃんと革がついている。紙も黄ばんでいない。これは、『十九世紀ラルース』としては、望みうる最高の本である。この装幀なら一生使っても背が崩れることはあるまい。これはどうあっても買わなければならない。問題は値段だ。私は、マダムにたずねる前に、心の中で方針を立てた。一万二千フランまでなら買い、それ以上なら、一万三千フランまでねぎってみる、というものである。

マダムの口から数字が漏れた瞬間に、私は耳を疑った。Six mille francs シ・ミル・フラン。なんと、わずか六千フラン。ただし、お持ち帰りに限るという条件つきである。

マダムは、自分は年をとっているので、こんな重い本を郵便局まで運ぶことはできないという。私が乗ってきた車は、初代のホンダ・シビックなので、正直言って、持ち帰るのは少々きついが、この金額であれば文句はいえない。即座にOKだと答えた。明日トゥールを発つ前に取りにくるということで話が決まった。

ところが、翌日、この『十九世紀ラルース』をシビックに詰め込もうとすると、困ったことが起こった。シビックのトランク・ルームは極端に狭いうえ、すでに、大型のトランクと小型のバッグを二個積んでいる。『十九世紀ラルース』は、最軽量の巻で三・五キロ、一番重いものは五キロを越える。平均四・五キロにして全十七巻だから、七十五キロはゆうにある。大柄な大人一人が乗り込むのと同じ重量である。だが、シビックは意外に馬力はあるので、これはなんとかクリアーできるかもしれない。

困ったのは、これを積み込む空間である。トランク・ルームには五冊までしか押し込むことはできない。とすると、残りは、子供二人が座っている後部座席ということになるのだが、やってみると、九冊のラルースが完全に一人分の座席を占有した上、残りの三冊がもう一人分の座席にもはみだしている。さて、弱った。二人の子供を乗せる空間がなくなってしまった。時間があれば、ラルースを梱包して郵便局からパリの自宅に送るという手もあるが、旅先では梱包材料も時間もない。どうしよう。いっそ、ラルースはシビックで運んで、子供たちは、女房と一緒に先に電車で帰らせることにするか。だが、女房は、日本にいてさえ方向音痴で一人旅ができない人間だから、トゥールから子供と三人でパリまで帰れと言っても納得しないだろう。「あなたは、子供より古本が大事なの！」と言って後々まで非難されること確実である。しかたがない、こうなったら、下の子供を女房に抱かせて助手席に乗せ、上の子供は、ラルースの上に座らせておくことにしよう。不自由だろうが、これ以外の解決策はない。

かくして、困難な旅が始まった。トゥールのあとは、ランジェ、アゼ・ル・リドー、ソミュールの城を見学してから、アンジェに泊まるという日程を組んでいたのだが、いかにシビックでも、七十五キロの加重は相当にこたえたようで、スピードがいっこうにでない。上り坂は、オートマチックのローに入れて、やっとこさ上り切るしまつ。ほとんど「機関車ヤエモン」である。反対に、下りは、加速がついているから、まるで奈落の底にでも落ちていくような感覚である。それでも、何回か坂の上り下りを繰り返しているうちにコツを覚え、下りで目一杯百五十キロまでスピードを出してからその勢いを利用して坂を上れば、途中まではドライブのポジションで行けることがわかった。ただ、困ったのは、下りでスピードを上げすぎると、息子が上に座っている後部座席の三冊のラルースが崩れてくることで、そのたびに息子は、私の席の背もたれに手を置いて体を支えなければならない。まったく、子供たちにこんな不自由な思いをさせても古本を買い込まずにはいられない父親というのは、いったいどんな野郎なのか一目顔を見てみたいものである。

それでもとにかく、無事アンジェに着いた。ところが、懲りない人間はどこまでも懲りないものである。この町でも、父親はまた、ホテル探しよりも古本屋探しを優先してしまった。さすがに新しく本を買い込むことはなかったが、古本探しに時間を取られてしまったため、今度はどこのホテルでも空室が見つからない。実は、アンジェは、ロワール川巡りの団体客が一泊の宿を取るパック・ツアーの基点なので、観光シーズンにはしばしば、全市のすべてのホテルが満室になることがあるのだ。それを知らなかったので、宿探しは悲惨な結果を迎えた。初めはバス付きの部屋でなければならないなどと贅沢なことを言っていたが、やがて、泊まれればどこでもいいということになった。しかし、どのホテルでも「コンプレ(満室)!」というつれない答しか帰ってこない。すでに時計は十時を回り、子供は疲れ果てて車のラルースの上で寝ている。母親はあきれかえって口をきこうともしない。

なにもかも、古書が悪いのだ。だが、それでも……子供より古書が大事と思いたい。

無事書架に納められた『十九世紀ラルース』

x パリで古本屋に！

フランスの年金制度についてはあまりよく知らないのだが、古本屋のような個人営業の人間でも、一定年齢を過ぎると積み立てた金で悠々自適の年金暮らしに入れるものらしい。その額は日本の年金よりずっと多いようだ。

だから、ときどき、なじみの古本屋から、このたび廃業して年金生活を始めることになりましたという通知が届く。なかには「古本屋生活四十年、この間、お客様と毎日がお祭りのような楽しい時間を過ごしてまいりましたが、楽しいことばかりがいつまでも続くわけもありません。祭りには必ず終わりが来ます。長いあいだありがとうございました」などと、ほろりとさせられる文面の閉店挨拶状もある。このマザリーヌ街のRという店の店主は、業界ではちょっとした有名人だったらしく、イリュストレ・ロマンチックの本を探していると、どこの店でも、その本はうちにはないけどRのところにはあるかもしれないといわれた。その道ではつとに名のとおった店のようだった。

ただ、わたしがRのところへ通っていたころは、隠退間近かだったためか、仕入れに精出すこともなく、B級店といっても、ほとんど本に移動のないC級店に近い本屋になっていた。とはいえ、さすがに名物おやじらしく、その知識は相当なものだった。それと、不思議なのは、この店主が、これこれの本はどの店のどの棚にあるというようなことを実によく知っていたことである。普通、古本屋というのは、自分のところの本のことはよくわかっているが、ほかの店の本についてはまったく知らないし関心もないという輩が多い。こちらが、値引きさせるつもりで、これよりも状態のいいものが、どこそこの店にはいくらいくらで置いてあるなどと言おうものなら、「それなら、そこで買え」とにべもない店主が多かったが、このRの店主だけはちがった。「うん、あの本は、たしかに、安い。あれはお買い得だ」とか「いや、あれは、以前うちにあった本で、回り回ってだいぶ高い値段がついている」というように、関係ない他の店の本にも解説を加えるのである。おそらく、この主は、古本屋にしては例外的な人物で、他の店をのぞいて、気になる本を記憶にとどめているのだろう。しかし、だからといって、他の店の悪口をいうようなことはなく、こちらが、探索書リストを見せると、本のそれぞれについて「うん、これは、あそこにあるはずだ」というように、すぐに電話をかけてくれるのである。これには、最初のうち、ずいぶん感激したものだ。だがそのうち、こちらがパリ中の本屋を回ってそれぞれの店に置いてある本のほとんどを頭の中にイン・プットしてしまうと、Rの店主が電話をかけて話している本はあの店のあの本のことだなとわかるようになったので、次第に足が遠のくようになった。Rの店主も、よもや探索を依頼してきた客のほうが他の店の本のことを詳しく知っているとは思わなかっただろう。

そんなわけで、Rの店の前を通ってもそのまま素通りすることが多くなったが、そのうちに、例の隠退の挨拶が届いたのである。たしかに、毎日、客の注文に答えてあんなふうに電話で探索をやっていたら「祭りのような日々」が続いていたことだろう。挨拶状には、娘が、別の場所で本屋の跡を継ぐというようなことが書いてあったが、その後、どうなったのだろうか。カタログも届かないところをみると、うまくやっているのだろうか。心配である。

跡継ぎといえば、この業界でも後継者問題にはどこも頭を悩ませているようだ。昔はフランスの他の小売店と同様に、店員の中から見込みのありそうなのを娘婿にして跡を取らせるというケースが多かったと聞くが、最近ではよほどの一流店でないかぎり、こんなことはないらしい。というのも利幅の大きな商品を扱う一流店以外は、古本売買だけでは、家族を養っていけるほどの利益があがらないからだ。

では、跡継ぎはだれがやるかというと、意外に多いのが、結婚した娘が家事のかたわら、パート感覚で跡を継ぐというケースである。たしかに、古本屋なら、子供や亭主の都合に合わせて営業時間を設定できるというメリットがある。それに、親子なら営業権の譲渡にもそれほどに金が動かなくて済む。最近のフランス女性は職をもたないのを恥じる傾向にあるから、パートに出るぐらいなら、親の店の跡を継ごうという発想になるのは当然だろう。もしかすると、娘ではなく「嫁」が跡継ぎになっている店もあるのかもしれない。

というわけで、ここのところ増えているのが女性の古本屋主人である。ただ、客からするとこれにはいろいろと問題がある。

第一は、女性店主になると、とたんに値付けが高くなることだ。先代のときには、状態はいまいちだがとにかく安いということで人気のあったB級店が、女主人に代わるやいなや、本の状態は変わらないのに値段だけはA級店になってしまうことがある。こうなると、本が動くことが唯一の取り柄だった店のメリットがなくなるから、当然、客足は遠のく。そうするとますます本が動かないという悪循環に入り、結局、閉店に追い込まれるというケースがあとをたたない。Rの店もこのケースでないといいが。原因は、どうやら女性には薄利多売とか、損して儲けろという発想が起きないことにあるらしい。安く売りすぎて損をするのがイヤという感覚があるかぎり、女性店主の店というのは、安定した営業を続けていくのがむずかしいような気がする。

第二は、女性店主に代わると、一流店だった店が冒険心をなくして、思い切った仕入れをしなくなるという例である。まず、長年積み重ねた商売のカンや知識がないから、どうしても競売目録中心になる。だから過去にオークションに何度も出たことのあるような本ならいいが、客の持ち込む珍しい本については冒険心に富んだ値付けができなくなる。十年前まではA級店だったサン＝タンドレ＝デ・ザール街のKという店はこの典型で、先代が亡くなり、娘が跡を継いでからは、めぼしい本がほとんど入らなくなった。戦前は、名古書店のひとつに数えられ、イリュストレ・モデルヌの出版まで手掛けた老舗が、いまや見る影もないのは寂しい。（後記。この店は結局閉店して、経営者が代った。）

では、オークションでの仕入れならいいかというと、女性店主は、ブッキッシュな過去の事例ばかり頭にあるから、高級本を扱う場合に一番肝心な「時の相場を読む」ということができずに、とんだ火傷を負うこともままあるようだ。もっともこれは、女性店主にかぎらず、代替わりした店主なら、だれでも一度はくぐらなければならない関門なのだろう。

三番目は、女性店主になると店の特色がなくなってしまうことである。

ウルトラ級の稀覯本ばかりそなえた超A級店は別として、パリの古本屋は、どこも、かなりジャンルを限定している。そうでないと、いい鑑定と値付けができないからだ。とくにB級店は、資金力ではA級店にかなわないから、店主の情熱とマニアックな品揃えで勝負するところが多い。シェルシュ＝ミディ街のIのカタログは、この意味で本当におもしろい。というのも、この店のカタログに載っているのは、ユートピア、架空旅行記、狂人文学者（フー・リテレール）、悪魔学、独学者の自費出版、エロチック文学などのジャンルの、それこそ見たことも聞いたこともないような本ばかりで、私などカタログが着くと、二、三日は読み耽って時間を忘れるほどである。しかも、状態に比して値段が安いときているから一層ありがたい。この店は、先代のときはほとんど特色のない何でも屋の店だったが、先代が隠退して若い男性の店主に変わってから俄然おもしろくなったのだ。

révélé au public seulement en 1834 par un article de Sainte-Beuve On sait que son influence sur l'idéologique romantique fut grande ¶ Manque à Caillet

38- **BALZAC (H. de). Les peines de coeur d'une chatte anglaise,** *Suivi de:* **Les peines de coeur d'une chatte française** par P.J Stahl [J. Hetzel] *P., Blanchard, 1853,* in 16, de 88pp., broché, petits mques aux coiffes. Nbr rouss *(v2)* **800F**
Première édition séparée de 2 contes des Scènes de la Vie des Animaux.

39- **BARY (René). L'esprit de Cour,** ou les conversations galantes divisées en cent dialogues. *Amsterdam, J. de Zetter, 1665,* in 12, de 12 ff dont un faux-titre gravé et 444 pp., pl vélin époque à recouvrement. Qq petites taches. *(25).* **1.800F**
Par l'auteur de la célèbre *Rhétorique française,* ce traité aborde l'art de la **conversation mondaine** au travers des thèmes suivants. *de la discrétion, du bel esprit, du compliment, de la pudeur, du compérage, de l'adresse, de la raillerie, de l'entrevue amoureuse, du badinage, de la tromperie, du fard, du dépit, de la coquetterie, de la belle prononciation, de la voix, de la courtoisie, etc* .

40- **BAUDELAIRE** (Charles). Oeuvres en collaboration : **Idéolus, le salon caricatural, causeries du Tintamarre...** Introd. et notes par J. Mouquet. *P., Mercure de France, 1932,* in 8°, de 224pp., ill. d'un **dessin inédit de Baudelaire** et du fac-sim. du "Salon caricatural de 1846" avec **60 caricatures de R. Pelez,** broché. Edition originale sur papier ordinaire avec fausse mention de 2°édition. *(35).* **220F**

41- **BAUDELAIRE** (Charles). **Oeuvres en collaboration,** Idéolus, Le salon caricatural; Causeries du tintamarre. Introduction et notes par Jules Mouquet. *P., Mercure de France, 1932,* in 8°, de 224 pp., avec un dessin inédit de Baudelaire h.t. et le fac-similé du Salon Caricatural de 1846 donnant les 60 caricatures gravées sur bois par Raymond Pelez. br. *(R76).* **250F**
Edition originale

Le célèbre fada du Farfadet

42- **BERBIGUIER (A.V. Ch. de Terre-Neuve du Thym, dit ...). Les Farfadets,** ou tous les démons ne sont pas de l'autre monde. *P., l'auteur, 1821,* 3 vol. in 8°, illustré d'un portrait et de 8 **planches litho. très curieuses,** d'après Quinart, dont une se dépl., demi-basane mouchetée moderne genre XIX°, dos lisse orné de filets et fleurons dorés. Qq petites restaurations marginales sinon **bel exemplaire frais.** *(86)* **8.000F**
Oeuvre des plus curieuses, du plus célèbre des hallucinés L'ouvrage est très rare, car l'auteur, pris d'un remord tardif détruisit une grande partie des exemplaires Berbiguier vécut dans un univers totalement hallucinant et délirant, persécuté qu'il se croyait par des esprits qu'il appelait *"Farfadets"* Les traitements que lui infligèrent les médecins d'Avignon ne l arrangèrent pas Il consulta le célèbre docteur Pinel qui n ayant pu le guérir, encourut la haine du pauvre illuminé Dans l'ouvrage il est qualifié de chef de la *"secte farfadéenne"* qui le persécute La nuit quand

シェルシュ＝ミディ街Ⅰ書店カタログ

その反対なのが同じシェルシュ＝ミディ街のMである。ここは十数年前は、旅行記ものの本屋として、かなり有名な店だった。稀覯本はそれほどなかったが、南海ものやシベリヤ関係など、旅行記は手広く揃えていた。ところが、娘が跡を継いでから、同じジャンルを手掛けてはいるのだが、どうもいまひとつ迫力が感じられない。つまり、先代のときのような、そのジャンルだけを愛するマニアックな蒐集ぶりがないのである。そのかわり、ジャンル以外の本が次第にふえてきている。この調子でいくとMはあと数年で旅行記ものの本屋ではなくなってしまうかもしれない。

というようなわけで、娘がパート勤めのような意識で跡を継ぐと、客にとってはあまりいいことは起こらないのが普通だ。

しかし、そうはいっても、息子は家業をついでくれず、婿もそっぽを向き、店員にも意欲のあるのがいないとなると、娘ぐらいしか跡を継ぐ人間はいないのだからしかたがない。場合によっては、こうした娘さえいないというようなケースもある。というより、これが一番多い。主が隠退してしまうと、その営業権を受け継ぐものもなく、店のシャッターは何年もしまりっぱなしになっている。

ところが、ごくたまに、こうした店で、突如、改装工事が始まり、先代の薄汚れた看板にかわって、真新しい古本屋の看板が掲げられることがある。おそらく、古本屋を開業しようと狙っていた新参者が、なにがしかのルートで手をまわして、先代の営業権を買い取ったのだろう。不思議なことに、パリの古本屋は新しい店をだすとき、レストランやカフェだった店舗に出店するということは少なく、かならずといっていいぐらい、以前古本屋が入っていた店舗を探す。これはなんらかの縁起かつぎなのか、それとも、ギルドの中で、総店舗数を減らすまいとする努力が払われているのか。はっきりしたところはわからない。

長い年月がたったあとのこうした代替わりの例として、国立図書館の近くにあるパサージュ、ギャルリー・ヴィヴィエンヌのJをあげることができる。私が一九八四年にギャルリー・ヴィヴィエンヌを歩いたとき、この店には、九十歳近い老店主が、老妻と、そして真っ白な老猫と一緒に店の奥に座ってほとんど身動きせず、じっと息をひそめていたが、翌年にはもう廃業してしまっていた。Jの店の真ん前にももう一軒古本屋があったが、こちらはずっと前からしまりっぱなしだった。ショー・ウインドーには埃をかぶった本がいつまでもさらされていた。

このころのギャルリー・ヴィヴィエンヌの廃れ方はひどくて、Jの荒廃ぶりと見事に対応していたが、一九八九年に、五年ぶりに再訪して、驚いた。ギャルリー・ヴィヴィエンヌがリニューアルして流行の先端をいくファッションの発信地に変貌していたばかりか、Jもすっかりきれいになって活発に営業していたからだ。前の店も吸収したらしく、かなりの数の本を揃えている。置いているのは、ここ二、三十年の間に出た新本ばかりなので、正確には、古書店というよりもセコハン本屋といった方が正しいが、他の店では手にはいりにくいグラフ本や写真集が中心なので、こちらにはなかなかありがたい。老店主のときには、もう何年間も入れ換えのないような古本が店主とおなじように息をひそめていたのだから、大変な様がわりである。

店の中をのぞくと、三十前後の感じのいい青年が出てきた。なんとなく風貌が老店主と似ているので「以前この店に、年取ったムッシューがいらっしゃいましたが」と切り出すと、「あれは、わたしの祖父です。五年前に亡くなりました」と答えた。前々から古本に興味があったので、ギャルリー・ヴィヴィエンヌが再開発されたのを機に、遺産相続で譲り受けた祖父の営業権を使って新しい店を構えたという話である。ギャルリー・ヴィヴィエンヌがファッション街に変身したので、ファッション関係者の好みそうな写真集を中心に置いているということだが、ゆくゆくは、このパサージュにふさわしい古書もあつかっていきたいと抱負を語ってくれた。

このように、やる気のある孫に跡を継いでもらった店は幸せである。しかし、どの店でもこううまくいくとはかぎらない。このあいだも、エミール・ゾラ街のVという古本屋をひさしぶりに訪れたところ、以前の店主とは全然雰囲気のちがう庶民のかみさん風の中年女性がカウンターにすわっていたので、あの店主はどうなったかとたずねたところ、なんと、こんな驚くべき答が帰ってきた。

「わたしゃ、あの男にまるめこまれてこの店の権利を買ったんだけど、どうも私にはこの商売はむいていないみたいだね。あんた古本が好きそうだね。どう、この店の権利を買う気はない？　まとまった金がないというんなら、もうこの際、家賃だけでいいよ。月に四千フラン払ってくれたら、店の本もなにもかも、居抜きで貸すよ。奥は広いから、あんた一人ぐらいなら、ここで寝泊まりもできるさ。どうだい、月に四千フラン？」

月に四千フランといえば、わずか八万円ではないか。思わず、「買った！」という声が出そうになった。ついにパリで古本屋になるという長い間の夢がかなうのだ――日本で、教師稼業のかたわら「古本エッセイ」の原稿書きに悪戦苦闘して徹夜しているぐらいなら、いっそ、この店で、J書店の老店主と同じように、老猫と一緒にまどろみながら、一生を送ったほうがどれだけいいかわからない。これは絶対買いだ！　千載一遇のチャンスとはこのことではないか！

だが、そのとき、夢は実現されないからこそ美しいのだと諭す内心の声が聞こえた。古本マニアは、古本屋にはむかないという説も思い出された。それに、いくらパリでもこんな中心から外れた場所では、ただ「古本屋になった」というだけで、かえって古本とは無縁になってしまうかもしれない……

結局、私は内心の声に従ってしまった。しかし、この選択が正しかったかどうか、じつはこれを書いているいまも確信がもてないでいるのである。

xi メッサーシュミットも買えるオークション

秋である。オークションの秋である。

九月も末になると、フランスやベルギーから古書オークションのカタログが続々と送られてくる。ここ二年ほどは、日本発のバブル崩壊がヨーロッパのオークション業界にも及んで、パリやブリュッセルのオークション会場は一時ほどの活況を見せてはいないが、それでもカタログが送られてくると、まるで、条件反射のように胸がときめき、喉がカラカラに渇いて、手が震えてくる。

届いたばかりのカタログをあける。『ボヴァリー夫人』の初版、シャグラン革装幀でオランダ紙の特製本が出ている。以前にも述べたように私は、初版趣味は持ち合わせていないのだが、献辞の宛名が気になる人物だったので目をとめる。というのも、献辞は、フロベールの少年時代の一番の親友エルネスト・シュヴァリエに宛てられているからである。フロベールの研究者（実は私もその一人だった）でシュヴァリエの名前を知らないものはいない。それどころか、フロベールが十歳のときに父親の病院のビリヤード室にこしらえた「劇場」で野卑なブルジョワの怪物「ガルソン」を生みだしたとき、フロベールと一緒にその「ガルソン」の芝居を演じていたのがシュヴァリエであるから、作家の少年時代のもっとも重要な友人の一人だといっていい。

ただ、このシュヴァリエは長ずるに及んでただのブルジョワとなり、法曹界に入って文学とは無縁の人間となりさがる。フロベールはそうしたシュヴァリエにたいして、のちに手紙を書き、君の検事室に乱入して「ガルソン」のように大暴れしてやると威しをかけている。

オークション・カタログにはフロベールの献辞がのっているが、そこにはこうある。

「僕のもっとも古い友、エルネスト・シュヴァリエに献ぐ。
変わらぬ愛情をこめて」

簡単な言葉の中に、昔の親友に対する旧懐の念と同時に、ブルジョワの俗物に変身した友への若干の恨みがましさが感じられはしないだろうか。

それにしても、シュヴァリエのほうも、旧友から献呈された処女作の装幀をモロッコ革にしないで、背だけのシャグラン革にしているとは、お座なりもいいところでまことにもって、情けない。おそらく、フロベールにたいして、もはや愛情も懐かしさも感じていなかったにちがいない。あるいは『ボヴァリー夫人』などという「風俗壊乱本」を書いた男と親友だったことを恥じていたのかもしれない。献呈本というのは、こんなことまで分かってしまうのだから、案外恐ろしいものなのである。

それはさておき、肝心の値段のほうはどうかといえば、推定落札価格（鑑定人による評価額）が三万フラン、日本円にして約六十万円である。はっきりいって、これは安い。もちろん、推定価格なので、実際の落札価格はどこまでいくかわからないが、それにしても、献辞つきの『ボヴァリー夫人』の初版の中でもっとも重要なものの一冊がこの値段とは、バブル時代に比べるとずいぶんと安くなったものである。

安いといえば、もっとお買い得なのが、ボードレールの『悪の華』の第二版である。イギリス装幀なのがちょっと気にかかるが、総モロッコ革だから悪くはない。以前の所有者

（プロヴナンス）は、ベル・エポックの詩人で小説家のジルベール・ド・ヴォワザン。これだけでも、かなりの価値があると思う。しかし、じつは、この本でもっとも重要なのは本ではなく、一緒に装幀されているボードレールの自筆書簡である。宛名は親友のシャンフルーリ。

内容は、ボードレールが、アベル・ボンジュールという人物をシャンフルーリに紹介してやろうと思って、一緒にアパルトマンを訪れたが不在だったので、アベル・ボンジュールの住所を教えておくという内容のものである。クロード・ピショワ編のプレイヤッド版の『ボードレール書簡集』には未収録である。日付はないが、鑑定人がピショワ教授に問い合わせたところ、もろもろの手掛かりから判断して、一八五二年の一月二十七日に書かれたものだろうと推定したという。これにさらに、付録としてボードレールの数多くのポートレートの複製がつく。この『悪の華』第二版の推定落札価格が、驚くなかれ、たったの一万フラン（二十万円）。バブル時代なら五十万円を越えたかもしれない。

しかしながら、全体的に見ると、オークションの目玉が小粒になった感は否めない。バブル時代は、こんなものではなかった。あのころは、これほどまでに貴重なものが世の中にまだ存在していたのかと感動するようなウルトラ級の稀覯本や原稿が続々とオークションに登場し、どれも、驚くべき値段で落札されていたからである。それに比べると、最近は、評価額自体がきわめて低く設定されるようになったのでコレクターが「お宝」をオークションに出し渋るようになった。そうなると資金がオークション市場にフローしないので、落札価格はまた下がり、ついで評価額も下がる。すると今度は質のいい稀覯本が出ない、というように、下降のスパイラルが始まったのである。

この傾向は、私のような貧乏コレクターにとってはありがたいことは確かにありがたい。おまけに、円高でフランも下がっているので、落札価格は確実に半分になっている。しかし、その反面、買いたいと思うようなものが市場にほとんど出てこなくなったのも事実である。だから、かならずしも、全面的に歓迎というわけにはいかない。おまけに、バブル時代に、金などありもしないのに、わけもなく浮かれて稀覯本を買いあさった後遺症で、いまだに巨額の借金を抱えているから、せっかく評価額が安くなってもオークションに加わるための軍資金がない。小さなバブルの崩壊がここでも起こっているのである。

おかげで最近は、オークションに参加するためにわざわざパリまで出掛けていくことも少なくなったし、ファックスや電話で落札希望価格を伝える機会もめっきり減った。しかし、それでもオークション・カタログが送られてくると、評価額にいくら上乗せすれば落札できるかなどと考えて、ついついファックスを送りたくなってしまう。オークション・マニアの悲しい性というほかない。秋の狩猟シーズン解禁とともにハンターがいても立ってもいられなくなるのと同じように、オークション・シーズンになるとブック・ハンターの血が騒いでそわそわと落ち着かなくなるのである。

というわけで、すこしオークションのことについて書いてみることにしよう。というのも、オークションは貧乏コレクターにとっては、ある意味では安く本を手にいれるための王道だからであり、ブック・ハンティングの醍醐味はここにあるとさえいえるからである。

*

まず、オークションというと、たいていの人が口にするのが「それって、だれでも参加できるんですか?」という質問である。どうやら、日本の古本業者の入札会からの連想で、オークションというものは、鑑札をもった業者だけを相手にするものという固定観念があるらしい。「もちろん、できますよ」と答えると、次は「ずいぶん、お金もちなんですね」という厭味が返ってくる。

たしかに、三千円を越える本は全部高いというレベルの人間からすれば、オークションは高額な本を扱う場所ということになるだろう。それに、バブル時代に日本人が印象派の絵画を何十億円、何百億円という値段で落札したあの記憶が残っているので、オークションというとすぐ日本円で八桁九桁の数字が動く世界だという連想が働くのだろう。

だが、実際のオークションは四桁五桁のものものもちゃんと扱っており、むしろ日常的にはこちらの方が多いのだ。第一、パリやブリュッセルの古書店は、超Aランクの店もCランクの店も、客から買い入れる本を除けば、みんなオークションで仕入れしているのだから、オークションを利用したほうが古書店から買うよりも安く済む場合もある。

ところで、いま「安く済む場合もある」と書いて、「安く済む」と断定しなかったのは、かえって高くつくことも場合によってはあるからだ。つまり、オークションは、高い本を安く買うこともできるし、また逆に、安い本を高く買ってしまう危険もある賭博性の高い制度なのである。だからこそ、おもしろいのだといえるし、それゆえに、一度嵌まってしまったら最後なかなか抜けられないのである。

さて、前置きが長くなってしまった。とりあえず、どうやって、オークションに参加するかというあたりから始めよう。

オークションに参加するには、当たり前のことだが、何がオークションに出ているのかを知らなくてはならない。これを知る一番いい方法は、パリでオークションが日常的に開かれているドゥルオー会館の会報『ガゼット・ド・ロテル・ドゥルオー』を年間で予約購読することである。

この会報は毎週発行され、古書ばかりか、絵画、版画、彫刻、アンチック家具、ジュエリー、絨毯、おもちゃ、などなど、要するに、ドゥルオー会館のオークション会場に持ち運べるものならなんでも、そのオークションが行われる日時が掲載されている。いやそればかりか、パリ以外の各都市の競売場でオークションに付されるもののニュースもほとんどが網羅されている。

しかし、そのため、オークションの対象としては地味で見栄えのしない部類に属する古書は、割かれるページも少なく、扱いも控えめで、よほど値の張る本でないと『ガゼット』には載らない。もちろん、詳しく知りたい場合は、その古書オークションを仕切る競売吏のところに連絡をとって、カタログを送ってもらえばいいのだが、『ガゼット』にオークションの予告が載ってから、実際にオークションが開かれるまでの期間は案外短いことが多いから、とりわけ日本にいてオークションに参加する場合は間に合わないケースが出てくる。

したがって、古書のオークションだけを知りたいという向きには、『ガゼット・ド・ロテル・ドゥルオー』はいまひとつ不便である。ならば、古書のオークションだけをまとめた『ガゼット』のようなものはないかといえば、これがないのだ。

フランス人というのは、どうも不思議な国民で、利用者の便利のために様々な情報を一冊にまとめた定期刊行物を発行するという作業をあまりやらないようだ。たとえば、フランスには、日本の鉄道広済会の発行している全国鉄道時刻表のようなものがいまだに存在していない。駅に行けば、方面別の時刻表はただでくれるが、一冊にまとまったものがないのはいかにも不便である。（これは最近できたらしい。）それでも、鉄道の場合は、トマス・クック社が発行しているヨーロッパの時刻表を使えばいいが、古書は、それぞれの競売人のところまで出掛けて、カタログを送ってもらうようにするほかはない。

しかし、これにも問題がある。というのも、競売人の多くは、古書だけを扱っているわけではないため、ただ住所氏名だけを登録してくると、家具だとか、宝石だとか、関係のないもののオークションのカタログまで送ってくるからである。

あるいは、目の保養になっていいという人もいるかもしれない。しかし、こうしたものについてはこちらの関心の埒外にあるので、しかたなくオークション参加を見送っていると、そのうち、この客はダメだと向こうが勝手に判断して、カタログを送ってこなくなってしまうことがある。登録するとき、関心のあるのは古書だけだとわざわざ特記しても、フランス人というのはこうした点は非常にルーズだから、平気で関係ないカタログも送り届けてくる。そして、肝心なときに古書のオークションのカタログが郵送されないなどということは日常茶飯事である。

もっとも、このおかげで、一度などドイツの名戦闘機メッサーシュミット(もちろん本物で現役)や古いセスナ機のオークション・カタログが送られてきたこともあるから、まったく迷惑だというわけでもない。ちなみに、メッサーシュミットの評価額は東京のワンルーム・マンションを買うよりもずっと安かった。金さえ用意できれば、メッサーシュミットを所有して東京上空を飛ぶことも可能なのである。

閑話休題。と、まあ、こんなわけで、古いものならなんでもという人を除くと、競売人のところに住所氏名を登録してくるのもいささか考えものだということになる。

ならば、どこにいけば確実に古書のオークション・カタログを確保できるかといえば、これは、競売人ではなく、むしろ鑑定人のところである。鑑定人というのは得意分野や専門が限られているから、古書の鑑定人が家具や宝石まで扱うということはまずない。そのため、古書専門の鑑定人のところに住所氏名を登録してくれれば、一番確実にオークション・カタログを送ってもらえるのである。

では、その古書専門の鑑定人はどこにいけば見つかるかというと、これは、『ガゼット』に出ている古書オークションのお知らせに鑑定人の住所氏名がしるしてあるので、ここに連絡を取ればいいのである。パリには、それほど数は多くはないが、常にオークションを主催している古書鑑定人が十人ほどいる。

さて、これで、ようやくカタログも送ってもらえることになったので、あとはいよいよ、オークション参加を待つばかりとなった、と思ったら、これで枚数が尽きた。続きは、次章で。

xii 入札はファックスで、受け取りは飛行機で

さて、オークションのカタログを手に入れ、入札したい本も決まったとしよう。だが、これから先はどうすればいいのか。

①オークション会場に直接出かける場合。

このときは、カタログに記載されている会場に真っすぐに駆けつけるだけでOKである。会場に入る資格はなにもいらない。指定された日時に行けば、国籍など一切関係なくだれでもオークションに参加できる。

前もって、品物を見たいという人は、競売日の一週間前から前々日まで、競売吏か鑑定

人の事務所で物件が展示されているので、そこに行けば本を手に取って状態を調べることができる。競売日の前日には、競売場で下見が許されるが、この場合はガラス・ケースに入っていて触れることはできない。

カタログに記載された本や版画は、開始の合図とともに番号順に競売に付されていく。競売は、原則的に競り上げ方式である。通例、カタログに記載されている評価額の七割ぐらいから競りがはじまる。たとえば、評価額一万フランの本なら、七千フランぐらいからスタートする。したがって、人気のない物件なら、評価額以下の安い値段で落札することもできないわけではない。ただし、競売を依託した人が、この額以下での落札は困ると最低の落札価格を指定している場合は、その額からのスタートとなる。それでも、だれも名乗りを上げないときには、「親引け」といって、競売は中止となる。バブル崩壊以後はこのケースが激増している。

入札したい場合には、競売吏が値段をいったときに、合図を送るだけでいい。先ほどの例でいけば、七千フランという値が出たときに、軽く指で合図する。

私が初めてオークションに参加したときは、まったく勝手がわからなかったので、小学校の生徒が「先生、先生、ハーイ、ハーイ」というときのように、大きく手をあげてしまい、「このド素人のジャポネめが」と軽蔑の視線を方々から浴びたが、その後、何度か経験を積むうちに、ようやく合図の呼吸が飲み込めてきた。要は、他の参加者にはわからないように、だが競売吏にはわかるように、小さくはっきりとした合図を送ればいいのである。

オークションの参加者が全員プロだと、この合図もほとんど目配せ程度で、後ろからみているとだれとだれが競りあっているのかほとんどわからない。

競りあげていくときの値幅は、競売吏の一存にまかされている。評価額が一万フランの単位なら、普通千フランの値幅で競りあがる。だから、七千フランでスタートした物件でも、数回の目配せでもたちまち一万三千フランぐらいになる。だが、値が高くなるにつれて、合図も少なくなる。こうなると、あと一声ということで、五百フラン単位の値幅の競り合いになってくる。そして、このときになって初めて、会場の参加者から声が出る。たとえば、競売吏が、「さあ、一万三千フラン、ほかにいないかね? ないなら、この値で落札オーケーかな?」と会場を見渡し、落札の合図のハンマーを打ち降ろそうとしたとき、「五百《サン・サン》」という声がかかる。つまり、一万三千五百フランということである。すると、相手も負けずに、一万四千《カトルズ・ミル》と応じる。今度はまた、五百《サン・サン》という声が答える。そうしているうちに、五百フラン刻みの勝負にジレた相手が、一挙に千五百フラン上乗せして、一万六《セーズ》・千《ミル》と叫ぶ。と、この声を待っていたように、競売吏がひときわ大きな声を張り上げて、「さあ、一万六千フランが出たよ。もう一声はないかな？」と会場をぐるりと見渡す。このときが勝負である。というのも、競売吏が落札の態勢に入ったこの瞬間に、もう一声出すのは、かなりの決断力を要するからである。初めての参加者は、この雰囲気に呑まれて、たとえ自分が本当に欲しい本でも、ここで声を発する勇気が出ない。じつは、かくいう私がそうだった。

　私は、デュノワイエ・デュ・スゴンザックが挿絵を入れたシャルル・ルイ・フィリップの『ビュ・ビュ・ド・モンパルナス』の別刷りつき総モロッコ革装幀豪華本がどうしても欲しくて、六万五千フランまでは入れようと心に誓って会場に入った。ところが、競り値が六万二千フランまで達したとき、まさにこういう状態に陥った。つまり、それまでは、競争相手と五百フランで小刻みに競り合っていたのだが、六万フランまできたとき、相手が一挙に二千フラン競りあげたのである。もちろん、ここで、例の五百《サン・サン》という声を発してもいいのだが、相手が一声で二千フラン上積みしたということは、どうしてもこれだけは手に入れるという強い意志表示をしたことを意味する。ということは、この先、競り合っても六万五千以下で落とせる保証はない。それどころか、今度は逆に、降りる機会を失って、大やけどを負う危険が出てくる。ならば、いっそ、ここで降りたほうがいい。と、まあ、わずか一瞬のうちにこうした考えが頭の中を目まぐるしく駆け巡ったのである。

それに、弱気になるもうひとつの理由があった。じつは、これよりももっと欲しい本命の本があとに控えていたので、できれば資金をそちらに温存しておきたいという気持ちが強かったのである。だから、上限六万五千フランと心に決めていたものの、六万フランから六万二千フランに値段が飛んだとき、これはヤバイという気持ちが心をかすめた。

こうなると、それはもう競りに負けたも同然である。「さあ、もう一声」という競売吏の声が聞こえても、本来なら出ていいはずのその一声が喉から出てこない。そして、あっと叫ぶ間もなくハンマーが打ち降ろされ、「六万二千フランで落札！」という非情な声が会場にこだました。そのときになって「しまった」と思っても、もう遅い。本はすでに、ライヴァルの手に握られている。ようするに、相手が競りのプロで、一枚上だったということである。

なお、落札した本は、その場で支払いを済ませれば、氏名や住所を競売吏に知らせることもなく、そのまま持って帰れる。この点は、じつにあっさりしたもので、どれほど貴重な品だろうと、いったん競りにかけられて落札されたら最後、それがだれの手に渡ったのかはもうわからない。とくに現金で支払われた場合は、一切跡が残らないから、後からどうしてもその本が欲しくなって追跡調査しようとしても無駄である。

ただ、フランス人はたいていは小切手で支払うので、競売人が落札人の身元を調べようとすればできないことはないはずだが、職業上の秘密でこの点は絶対に他人には教えてはならないことになっている。いずれにしろ、競売で他人の手に渡ったら最後、落札人が古書店主で自分の店のカタログに載せるのでない限り、ふたたびその本と出会うことは当分はないと考えなければならない。

しかし、逆に、いったん自分が落札してしまった場合には、これはなんとも便利な制度というほかはない。というのも、いくら高額の本でも、その場で落札価格に競売手数料と間接税のTVAの分（落札金額にもよるが、両方を合わせて、最高で落札額の十八パーセント）を含めた金額を現金で一括して払ってしまえば、国宝級の本でも何のお咎めもなしにフランスから持ち出せるからである。

もっとも、本当のところは、一定額以上の書籍や美術品を海外に持ち出す場合には、ルーヴル美術館とフランス国立図書館（B・N）の許可をうけなければならないことになっているらしい。しかし、自分でオークション会場に出掛け、自分で支払い、自分で本を受け取れば、その時点では、たとえ、こちらが外国人であっても、海外に持ち出したことにはならないと解釈される。ということは、つまりルーヴル美術館とB・Nの審査も必要ないということだ。これが、フランスの法律のいいかげんな（言い方を変えれば、素晴らしい）ところである。古書などはトランクに入れて黙って持ち出してしまえばそれでおしまいである。おまけに、古書には、日本の税関でも税金がかからないので、まさに万々歳である。

これが、現地でオークションに参加する場合の最大の利点である。

②会場に行かずに、委託で入札する場合。

この場合には、カタログを発行している競売吏か鑑定人に、オークションの前日までに、上限の競り値を伝えておく。

しかし、ファックスが普及する以前は、これがけっこう大変な仕事だった。というのも、オークションのカタログが日本に届くのが決まって遅いので、オークションの当日まであまり日数がないことが多かったからだ。したがって、希望の競り値を伝えるのに、手紙ではとうてい間にあわず、いきおい電話ということになったが、この電話で入札を伝えるのが案外とやっかいだったのである。

トラブルの元は、フランスと日本の間に存在する七時間の時差にあった。すなわち、日本時間で夕方の五時になったときにようやくむこうが朝の十時になって仕事が始まる。そのため時間に合うように夕方から夜にかけて電話をしなければならない。しかし、例によってフランス人は時間にルーズだから、なかなか相手がつかまらない。そのうちに、こちらも忙しさにかまけてついつい電話をかけるのを忘れてしまう。そして、気がついたときには、すでにオークションは終わっていたというケースがほとんどだった。

また、よしんば、うまく相手が電話口に出て、希望の落札価格を伝えることができても、こちらの名前と住所をアルファベットで伝えなければならないので、無駄な時間と金がかかるのが癪だった。それに、口頭でのやりとりなので、希望落札価格や落札する本の番号についての誤りも少なくなかった。

しかし、ファックスの普及で、こうした面での煩雑さは一切なくなり、オークションの入札は本当に楽になった。なにしろ、あらかじめ住所と氏名をワープロで打ち込んでおいた紙に、物件の番号と本のタイトル、それに落札希望の上限価格を記入して送信すればそれでいいのである。手紙のように到着日数を計算に入れる必要もなく、電話のようなつまらないトラブルもない。しかも、深夜に送信すれば、ファックス一枚二百円程度で済む。なによりも、いつファックスしても構わないというのが素晴らしい。あとは、結果を向こうからファックスで伝えてくるのを待つだけだから、こんな楽なことはない。

しかし、これはあくまで、物理的な面での煩わしさが減ったというにすぎず、書類入札そのものについての不利や欠点がなくなったわけではない。すなわち、オークション会場に行かずにファックスで入札するには、やはりそれなりのハンデキャップを覚悟しなければならないということである。

というのも、ファックスでの入札は、こちらの落札希望価格の上限を競売吏あるいは鑑定人に伝えて、競売の代行を頼むわけだが、競り値が、その落札希望価格を一フランでも越えたら、もう勝負はできないからである。会場での競り合いなら、六万五千フランを上限の心づもりにしていても、状況によっては、もう少し競り合いを続けることもできる。これにたいし、ファックス入札だと、依頼を受けた競売吏や鑑定人は六万五千フランを越えて競り合うことは絶対にないから、相手に一フランでも上積みされたらそれでおしまいである。事実、送られてくる落札結果を見ると、たいていこちらの落札希望価格よりも、百フランかそこいらの上乗せでほかの人間が落札している。これは毎度ながら腹が立つ。

いっぽう、その反対のケースもある。つまり、よもやここまでは上がるまいと思いながら、どうしても欲しいので、大事をとって少し多目に入札しておいたところ、実際にその金額まで競り値が達していることがあるのだ。こうした落札結果を受け取ると、たしかに自分の入れた金額であるにもかかわらず、なぜか、きまって「ヤラレタ」「ハメラレタ」という思いがする。

もちろん、希望価格をはるかに下回る金額で落札されて、「儲かった」と思うこともないわけではないが、私の場合は、なぜか、前者のケースが多い。あるいはたんに、私がケチな性分であるためにそう思うだけなのかもしれない。

しかしながら、ファックス入札の最大の欠陥はそうした部分ではなく、むしろ落札したあとの問題である。というのも、フランスの競売業者は、落札後の本の梱包・発送・海外持ちだし審査・通関という「事後の業務」を請け負ってくれないからである。この業務は、ファックス入札の場合は、だれか適当なフランスの業者を自分で探して委託しなければならないので案外面倒である。しかも、フランスの業者はオークション会場から、フランスの空港あるいは港までの送り出ししか面倒を見ないので、日本に着いてからはまた日本の通関業者と運送業者に業務を依頼する必要がある。この費用が馬鹿にならない。以前、書店価格で二万フランの本を半額の一万フランで落札して喜んでいたら、フランスと日本での通関・保管輸送の諸経費が、約一万五千フランもかかって、結局、ずいぶんと高い買い物になってしまった。

入札はファックスでも、受け取りは自分で飛行機に乗ってフランスまで行け。これが数年にわたるオークション参加の経験から私が導き出した教訓である。

馬鹿げている? 古書蒐集なんてしょせん狂気の沙汰でしかないのだから、これぐらいの愚行は当然、覚悟の上でなければならない。オークションの快楽にくらべたら、そんなものは、物の数ではない。

xiii クズ本のオークション

パリの競売場ドゥルオーで開催される古書のオークションは、当然ながら、高価な古書が中心だが、世にクズ本と呼ばれている、ほとんど価値のない古本のオークションも毎日のように行われている。

では、なぜこれだけのクズ本が毎日オークションにかけられるのかといえば、フランスでは、差し押さえを受けたり、破産したり、あるいは借金を残して夜逃げをしたり、さもなければ、身寄りもなく死んだ人などが残していった財産は、すべてこれを金銭に変えて債権者や国庫に返還するという制度がしっかりと機能しているので、残された動産は、たとえクズ本の一冊に至るまで、ことごとく競売にかけられることになっているからである。

もちろん、こうして競売にかけられる古本の中でも、一冊ないしは一セットで五百フラン以上すると評価されたものは、それぞれ別々に、一冊（一セット）ずつ競りにかけられるが、それ以下と判定された本、つまりクズ本のほうは、プラスチックの箱に何十冊も詰め込まれて競りにかけられる。つまり、クズ本は、一冊一冊に値段がつくわけではなく、生鮮食料品や穀物などと同じく、まとめて一山いくらで値踏みされ、落札されているのである。

といっても、この取引では、本の内容や形態という要素がまったく顧慮されないというわけではない。それは、生鮮食料品や穀物が「目方」で取引されるといっても、値踏みの基準となるのは、一山分としてのその生鮮食料品や穀物の「品質」であるのと同じである。すなわち、クズ本の競りに参加する人間たちは、一箱いくらという形で値付けをするのだが、その場合でも、これは「いい箱」、これは「悪い箱」というように、一箱の中にまとめて収められている古本の評価をあらかじめしっかりと行っているのだ。

では、このクズ本のオークションに参加する人々はどうやって「箱」の中身を知るのかといえば、それは下見をしているのである。ただ、下見といってもそれはかなり特殊な下見である。

一般に豪華本や初版本などの高額な古書は、鑑定人によってオークション・カタログにその詳細がしるされているし、またオークションに先立つ一週間ほどの期間に下見ができるようになっているが、「箱本」とよばれるこうしたクズ本は、オークションの始まる一、二時間ほど前にオークション会場の片隅に箱につめたままの形で運び込まれて展示されるにすぎない。しかも、箱の中には、まったく無秩序に、なんの整理もなされずに、何十冊の本が投げ込まれているし、ドゥルオー会館のいくつもの会場で同時にこうした競売が催されているので、値踏みはカンに頼るしかない。つまり、下見といっても箱の本を一冊一冊手に取って調べる余裕はまずないとみてよいから、箱の中の本に一瞥を投げただけで何十冊という古本に「一箱いくら」という値段つけを行わなければならないのである。

これはかなりの高等技術だといわねばならない。そのため、こうした「箱本」のオークションに参加できるのは、この種の特殊な能力を身につけたその道のプロ、いわゆるクズ本業者に限られてくる。パリにはこうしたクズ本のオークションに常に出入りしている業者が私の知っているかぎりでは十数人いる。その値段つけにはほとんど誤りがないという。もちろん、何十冊もの古本の中には、当然意外な掘出し物があるし、またそれこそ再生紙にしかならない文字通りのクズ本もある。だが、それらはすべて「織り込み済みの誤差」であり、「一箱」としてならした場合の評価額は、まず大きく狂うことはないのだそうだ。

彼らは、会場に並べられた「箱」を一通り見回して、それぞれの「箱」に評価を下す。といっても、その評価は、古書鑑定士のような細かなものではない。せいぜいのところ、「価値あり」「価値なし」の二段階、多くとも「価値あり」「普通」「価値なし」の三段階程度の評価で済む。

このうち、本当の意味での「競り」が行われるのは「価値あり」と判断された箱についてだけである。つまり、「価値あり」と認められた箱の場合に限って、「競り上げ」が行われる。ただ、クズ本の競売に関しては、興味深いのは、「価値なし」と判定された箱の競りのほうである。なぜなら、こちらのほうの箱については、通常のオークションとはまったく異なる光景が展開するからである。

*

クズ本業者はいずれも、何十年も前からこの仕事をなりわいにしており、当然ながら、ほぼ全員が顔見知りである。しかも、彼らの利害は、一つの業界として完全に一致している。つまり、できる限り安く落札したいということである。かくして、ここに「談合」の思想が生まれる。

たとえば、A、B、Cという三つの箱があるとしよう。このうち、価値があるのはAの箱だけで、B、Cは「価値なし」である。原則通りなら、業者は、みなAの箱だけがほしい。そこで、Aの箱だけに高値がついて、B、Cには引き取り手がない。だが、そうすると、Aの箱を手に入れた業者だけが良い思いをして、他の業者には売るべきものがなくなってしまうという由々しき事態が生まれる。これは「業界」全体からすると、決していいことではない。すなわち、「業界」としては、多少のバラつきはあるにしても、全員がそれなりの利益を得て、共存共栄がはかられるほうが望ましい。しかも、競りで高値をつけても、それによって得をするのは、競売場のドゥルオーと、税金を徴収する政府だけである。ならば、落札価格は、全体でできるかぎり低く押さえて、そこで得た「利益」を全員で再配分するようなシステムを考えださねばならない。これが「談合」である。

クズ本の競売における談合というのは、それほどむずかしいものではない。ひとことで言えば、本当の「競り」は、箱本の「オークション」が終わってから、業者だけで行われるのである。具体的に見てみよう。

＊

箱本のオークションのおもしろいところは、競りの仕方が、ほかの物件のそれと比べてかなり変則的な点である。普通のオークションは「競り上げ」が普通で、千フランで始まったオークションが千百フラン、千二百フランというように上がっていくものだが、箱本は、たとえば二百フランで始まったオークションでも、声がかからない場合には、「競り下げ」が行われて、百五十フラン、百四十フランというように次第に競り値が下がっていく。もちろん、二百フランで声がかかって「競り上げ」に移る箱もあるが、それは全体からするとそれほど多くはない。たいていは、「競り下げ」でケリがつく。

あるとき、こうした箱本の競り下げオークションが行われている会場に顔を出したところ、だれも買い手のつかない箱本を、ひとりの美人の中年女性が、五十フランまで下がったところで必ず声を出してすべて落札している光景に出くわした。箱本の最低落札価格は五十フランと決まっているのか、それとも五十フラン以下にまで競り値が下がることがあるのか、そこのところはいまひとつわからなかったが、いずれにしろ、彼女は競り値が五十フランのところにくると、必ずといっていいほど合図を送って落札していた。

まわりの見物人たちは、いったいどういう意図であんなクズ本を落札するんだろうというようないぶかしげな表情で見つめていたが、彼女はまったく意に介するそぶりもない。その毅然たる態度を見ていると、なぜか、突然、ホスピスの看護婦というようなイメージが浮かんできた。古本もこうした女性に最期を見取られたなら、あるいは幸せに成仏できるのかもしれないなどと感傷的なことを考えたのである。

だが、実際には、それは、いささかも感傷的な要素などは入り込む余地のない極めて冷徹なビジネスの世界の光景だったのである。つまり、彼女は、業界を代表して、談合に基づく「競り下げ」を行っていたにすぎない。

＊

美人の中年女性がすべて五十フランで落札した箱は、まず、ドゥルオー近くのどこかの建物に運び込まれる。すると、そこにクズ本業界の人々が集まってくる。本当の意味でのクズ本のオークションが行われるのはここである。

オークションに先立って、まったく無秩序に箱にぶち込まれていたクズ本の詰め替え作業が行われる。といっても、クズ本の数は膨大なので、その詰め替えのための基準自体は、それほど厳密なものではない。すなわち、装幀のちがいによって、まずリーヴル・アンシャン、リーヴル・ロマンチック、リーヴル・モデルヌの三種類にわけられるが、価値のある本は鑑定士によって既に抜きとられているので、リーヴル・アンシャン、リーヴル・ロマンチックのほとんどは端本か傷本であり、九十パーセント以上がリーヴル・モデルヌ、つまり第一次世界大戦後の本である。ただ、同じリーヴル・モデルヌでも、そこにはおのずから違いがあり、戦前のフランス装幀の「古本」と、ここ三十年ほどの間に出版された「セコハン本」は、それぞれ別の箱に「腑分け」される。さらに、後者は、ペーパー・バックとハード・カバーに分けられる。

この箱の入替え作業が終わって初めてオークションが開始される。といっても、クズ本の業者は、それなりに専門があるので、「競り合い」はそれほど真剣なものではなく、いわば「あうんの呼吸」で落札されているようだ。というのも、せっかく、五十フラン均一で落札したクズ本を、ここでむきになって高値落札したら、なんの意味もないからだ。ただ、そうはいっても、当然、落札のうまい業者とそうでない業者では、おのずと落札の技量の差は出てくる。ここにこそ専門家として腕の見せ所があるわけだ。もっとも、これは、あらゆる専門業界の卸業者の「競り」についていえることであり、第一、それでなければ、業者間のオークションをする意味がない。

ところで、ここで気になるのは、この「第二次オークション」の収益金はどうなるかということだが、それは当然、先程の中年女性がテラ銭として徴収する。このテラ銭から、「第一次オークション」での落札値を差し引いたものがこの胴元の女性の収益となる。したがって、原理的には、「第一次オークション」と「第二次オークション」の差が大きければ大きいほど、胴元の利益は大きくなるはずだが、実際には、胴元の利益は、ほとんど一定している。なぜなら、この部分の利益が大きくなりすぎたのでは、「談合」をして「第二次オークション」をする意味がなくなってしまうからだ。参加する業者はけっして無理をしない。一説によれば、この胴元役は、業者間の持ち回りになっていて、不公平がないように工夫しているという。

胴元の利益がそれほど大きくならない理由はほかにもある。それは、胴元がかならずしも、「競り下げ」だけで、箱本を手に入れているわけではないからだ。

＊

「第二次オークション」つまりこの「談合」行為は、法律的には当然ながら違法であり、発覚すれば処罰されることになる。しかし、現実には、摘発はほとんど行われることはない。なぜかといえば、業者たちは談合が表面化しないように自主規制していて、「合法」の競りも同時にやっているからである。さきほど、「価値あり」の箱に関しては、「競り上げ」が行われるといったのは、この部分のことである。

ただ、この「競り上げ」で落札された箱が、落札したその業者のものになるかといえば、どうもそうではないらしい。つまり、「競り上げ」で高値落札されること自体が談合の一部であり、その箱もまた例の「第二次オークション」の会場に運ばれているようなのである。

なんのためにこんなことをするのかといえば、「不正行為」の中に「合法行為」を混ぜて、当局の摘発を回避するためである。こうしておけば、どこからどこまでが「不正」で、どこからどこまでが「合法」か見分けることは難しい。そのために、「価値あり」の箱については、表面上、「競り上げ」が行われる。つまり、八百長で、あらかじめ落札すべき金額を決めておいてから競り合いをするのである。いいかえれば、箱本の「第一次オークション」に参加する業者には、例の中年女性のように下値を拾う係のほかに、もうひとつ、高値付け専門の係がいるということである。

この係の役割は重要である。なぜかといえば、もし、なにも知らない素人衆が箱本のオークションに参加してきたりした場合には、これを「潰す」必要が出てくるからである。業者にとって、一番困ることは、じつは、オークションで箱本に高値がついてしまうことでなく、マーケットが「開いて」しまって、仕入れの「ブッ」がなくなってしまうことである。だから、事情を知らない素人が箱本に手を出そうとしたときには、たとえ、相場を無視してでも、相手を潰さなければならない。たとえ損が出ようとも、その損は、安く落札した箱と合算することによって回避できるような仕組みになっているのである。「談合」の目的は、たんに、「第一次オークション」の落札価格を抑えることよりも、むしろこちらのほうにあるといったほうがいい。

したがって、われわれ素人としては、たとえ「箱」の中にお目当ての本を見つけたとしても、気軽に箱本オークションには加わらないほうが身のためかもしれない。オークションも、下部のほうでは、素人のあずかり知らぬ不気味な思惑が蠢いているのである。

だが、コレクターとしてのキャリアを積めば積むほど、業者の手の入っていない段階で、古本に触れてみたいと思うのが人情である。掘出し物は、仲介業者の数と反比例して少なくなるからだ。そうしたむきには、以前に少し触れた、卸のクズ本業者の店に行くことをお勧めする。

＊

業者間の「第二次オークション」で落札された箱本は、通例「卸のクズ本業者」とでも呼ぶべき古本屋によって、それぞれの店に運ばれる。こうした店では、一箱いくらで落札したクズ本を、仕入れにやってきた他の古本屋にバラで値付けして売っている。いうまでもなく、一般の客も同じように、この「卸したてのクズ本」を買うことができる。ただ、目ぼしい本は、プロがあっと言う間にかっさらっていってしまうから、本気で掘出し物を探す気なら、その店の開店と同時に、箱から陳列台に並べられた古本をひっかきまわさなければならない。

なかでも、狙い目は個人全集の端本で、完全揃いには一、二冊欠けているだけの全集が、信じられないくらいの値段でころがっている。いまでもよく覚えているのは、アルベール・ベガンの編んだバルザック全集（全十六巻）の一冊欠けただけのものが、三百フラン（六千円）だったことである。私は、あいにく、すでにこの全集をもっていたので買わなかったが、それにしても安い。

それはそうと、こうした「卸のクズ本業者」の店に足を運んでいると、一つの大きな疑問が頭をもたげてくる。すなわち、ここで売れ残った本はどうなるのか、という疑問である。というのも、どれほど安い値付けをしてあっても、中にかならず売れ残る本があるはずだからである。しかも、毎日のように、新しいクズ本が到着するのだから、売れ残りの本がどんどん増えていってもよさそうなものである。しかるに、どんなクズ本でも、一週間もすると、必ずといっていいほどなくなっている。かといって、バーゲン・セールが行われているようにもみえない。

この点がどうにも不思議に思われたので、ある事情通にたずねてみたところ、売れ残ったクズ本中のクズ本は、それを専門にする、純粋無垢のクズ本業者がまとめてトラック一杯いくらで引き取っていくのだそうだ。しかも、その業者は「卸」の業者なのだという。となると、その下にまた小売の業者がいるということになる。

いや、じつに、古本というのは、「下」のほうでも端倪すべからざる世界のようだ。

アンコール

アール・デコの挿絵本、あるいは絶滅した恐龍

フランスの挿絵本の歴史について調べているうちに、たいへんな事実を発見してしまった。二十世紀の挿絵本（イリュストレ・モデルヌ）、とりわけアール・デコ期の挿絵本というのは、実に「恐龍」だったのである。すなわち、一九二九年のウォール街大暴落に端を発した世界恐慌で、書物という生物のなかで、最大にして最高の存在である恐龍、つまりデラックスな挿絵本という種は完全に絶滅してしまい、いまでは化石（古本）としてのみ生前の姿を知ることができるにすぎないということである。もちろん、現在でも有名な画家の石版画や銅版画を入れた豪華な挿絵本というものはときどき出版されている。しかし、

これは形態こそアール・デコ期の挿絵本と似てはいるが、その実、まったく非なるもので、恐龍に対する大トカゲ程度のものだといっても誇張にはなるまい。それほどに、アール・デコ期の挿絵本というのは、それ以後の挿絵本とくらべると隔絶した存在であり、しかも、あれほど全盛を誇りながら、一九三〇年を境に突如姿を消し、その秘術的な製作技法が今日にまったく伝わっていないという点で、まさに恐龍という以外に呼びようはないのである。

では、この恐龍たるアール・デコ期の挿絵本は、絶滅にいたるまで、どのような進化のあとをたどったのか、まずは、この恐龍誕生の前史の記述から始めることとしよう。

＊

話を大革命以後にかぎってもフランスの挿絵本にはいくつかのピークの時期があるが、それぞれのピークはかならずといっていいほど、新しい図像複製技術の誕生あるいは革新と結び付いている。

まず、一八二〇年代後半に始まるロマン主義的挿絵本、つまりロマンチック本であるが、これは最初、十八世紀の末にドイツのゼネフェルダーが発明した石版画（リトグラフィー）

と結びついて大きな発展をとげた。ドラクロアの『ファウスト』（一八二八年）は、こうした石版画による挿絵本の傑作である。しかし石版画は、活字と組み合わせることができず、別刷りとする以外に本に差し挟む手段がなかったため、挿絵本よりも、むしろ、フィリポンが次々に創刊した絵入りの風刺新聞『カリカチュール』『シャリヴァリ』において積極的に使われ、ドーミエ、グランヴィル、トラヴィエスらのイラストレーターの強力な武器

『もう一つの世界』（グランヴィル挿絵）より

となった。

ロマンチック本の挿絵として積極的に活用されたのは、一八三〇年頃にリヴァイヴァルした木口木版である。木口木版は、木目に沿って切り出した板目を使う凸板の板目木版とは異なり、堅く目のつんだ輪切りの板を使う凸板で、きわめて細く硬質の線がだせるので、よく銅版画と間違えられることが多いが、銅版画とはちがって活字との組み合わせが自由にでき、しかも紙を選ばず、何度も使用可能であるという点に特徴がある。グランヴィルの最高傑作『動物たちの私生活・公生活』『もう一つの世界』を初めとして、『フランス人の自画像』『パリの悪魔』などのロマンチック挿絵本の代表作もみな木口木版である。

しかしながら、一八三〇年代から四〇年代にかけて大流行したこのイリュストレ・ロマンチック(ロマンチック挿絵本)も、一八五〇年代に入ると、突如といっていいほどに衰退してしまう。その原因は、グランヴィルの死(一八四七年)、ガヴァルニのロンドン行き(一八四七年)などイラストレーターたちの離散、あるいは、ロマン派そのものの衰退、廉価本への関心の移動等、様々に考えられるが、一番、説得力のあるのは、このロマンチック挿絵本の主たる購入層であった七月王政のアッパー・ミドルが二月革命と第二帝政の出現で経済力を失い、それと同時に、社会の嗜好がロマンチック挿絵本から離れてしまったという説明だろう。たしかに、挿絵本という不要不急の趣味は、社会の混乱や剝き出しの投機の時代にはそぐわないものである。

かくして、フランスの挿絵本は一八五〇年代から一八八〇年代の後半まで、冬の時代を迎えることになる。たとえば、この第二帝政期の代表的文学作品であるフロベールの『ボヴァリー夫人』とボードレールの『悪の華』は結局同時代には優れた挿絵本を持つことができなかったが、こうした現象はロマンチック挿絵本全盛の時代には到底考えられなかったことである。

しかし、こう書くと、ドレがいるではないかという声がどこからか聞こえてきそうだが、筆者によれば、ギュスターヴ・ドレは、擬ロマンチック、ないしは遅れてきたロマンチックにすぎず、所詮、あたらしい挿絵本の時代を築く才能ではなかった。彼のフォリオ版の壮麗な木口木版は、海外でもてはやされたことからもわかるように、大衆受けはするがその分、奥深さに欠け、いまひとつ蒐集する気になれない。

それよりも、この挿絵本の衰退期に、ロマンチック挿絵本の伝統を受け継ぎ、次の時代へと架け橋を渡したのは、『イリュストラシオン』『モンド・イリュストレ』など、木口木版を多量に使用した絵入りのニュース新聞だったように思われる。というのも、世紀末の挿絵本ルネッサンスを支えたイラストレーターたちの多くは、最初こうした絵入り新聞の木口木版でデビューし、のちに木口木版のリアリズムの袋小路から脱却するという形を取って、新しい技法を開拓していったからである。

その代表は、世紀末に板目木版をリヴァイヴァルさせたオーギュスト・ルペールである。ルペールは『モンド・イリュストレ』で、原画・彫り・刷りを自分でおこない木口木版のテクニックの頂点を極めたが、一八八八年頃から日本の浮世絵に刺激を受けて板目木版を復活させ、挿絵本を積極的に製作するようになった。なかでも、「愛書家百人協会」によって出版されたユイスマンスの『さかしま』（一九〇三年）は、ルペールによる二二〇点の木版のみならず、ジョルジュ・オリオールが作った活字にいたるまで、あらゆる意味での芸術作品で、従来の挿絵本というコンセプトを大きく踏み越えたエポック・メーキングな作品となっている。

一方、グラッセの『エーモンの四人息子』（一八八三年）やミュッシャの『イルゼ』（一八九七年）などのアール・ヌーヴォーの挿絵本は、主として写真製版や多色刷石版といった新しい複製技法をもちいて、中世の彩色写本やアラビヤ模様を連想させる活字と挿絵の独自な組み合わせをつくりだしていた。

しかしながら、ルペールの『さかしま』にしてもミュッシャの『イルゼ』にしても、画期的な挿絵本だとはいえ、それはあくまでもテクストに挿絵画家が自分なりの解釈を与えた「挿絵本」にとどまっている。ところが、こうした挿絵本と同時代に、これとはまったく異なったコンセプトで製作されていた絵入り本が存在していた。それは、油彩専門のファイン・アートの画家たちが石版で描いた絵をテクストに添える、俗に「画家本」と呼ばれるジャンルの本である。

ふつう「画家本」の嚆矢となったのは、一八九三年にナビ派の画家モーリス・ドゥニがジッドのテクストに石版画を添えた『ユリアンの旅』といわれるが、このジャンルの挿絵本を積極的に推し進めたのは、なんといっても、セザンヌやゴッホの画商として知られるあのヴォラールである。ヴォラールは一九〇〇年にボナールにヴェルレーヌの『パラレルマン』の挿絵を委託したのを皮切りに、自らの扱っているドゥニ、デュフィ、ドガ、ピカソ、ルオーなど画家たちにつぎつぎと画家本を作らせ、ヴォラール本と呼ばれる、挿絵が主役の二十世紀挿絵本のひとつの傾向を形づくることになる。

さて、以上で、アール・デコ期以前の、つまり一九一〇年前後までのフランス挿絵本のおおよその状況をご理解いただけたかと思うが、ここでもう一度これを技法という点からまとめてみると、三つの流れの挿絵本はつぎのように括ることができる。
①愛書家協会の製作する洗練された趣味の挿絵本——板目木版あるいはエッチング
②アール・ヌーヴォーの絢爛たる挿絵本——多色刷石版あるいは写真製版
③ヴォラールの「画家本」——石版

この三派は、お互いに相手の存在を否定しあい、三派鼎立の様相を呈していたが、芸術の他の分野では世紀の転換とともにすでにあらわれ始めていたアール・デコ的なグラフィック・アートはこのいずれの流派からも現れる気配をみせてはいなかった。ところが、ここに、まったく新しい複製技法を引っさげたイラストレーターの一群が予想外のところから挿絵本の世界に侵入してきた。ファッション・プレートをポショワール（ステンシル版画）で起こすモード画家たちがそれである。

ポショワールによるファッション・プレートの先駆けとなったのは、自由な動きと簡潔さをモードの主要なコンセプトとしたデザイナー、ポール・ポワレのアルバム『ポール・イリーブの語るポール・ポワレのドレス』（ポール・イリーブ画、一九〇八年）と『ジョルジュ・ルパープの見たポール・ポワレの作品』（ジョルジュ・ルパープ画、一九一一年）である。

モードの革命児ポール・ポワレは一八七九年にパリに生まれ、子供のころから劇場に通っては、女優の舞台衣装をデッサンするのを楽しみにしていたが、やがてこのデッサンが当時のトップ・デザイナー、ジャック・ドゥーセの目にとまり、助手にやとわれることになった。一九〇〇年に兵役を終えたあと、ポワレは今度はワースの店で修業したのち、一九〇四年に独立し、オベール通りにオート・クチュールの店を開いた。彼のスタイルはひとことで言えばディレクトワール・スタイル、つまり、大革命の総裁政府(一七九五—一七九九年)に流行した、柔らかな一枚の薄布を胸の上部で軽く絞めるだけのドレスを基調にしていた。このポワレのドレスは、胴をきつく締め上げる十九世紀的なドレスとはことなって、コルセットを必要とせず、女性の肉体の本来の柔らかさや丸み、そして優美な動きを引き出すことを狙ったものだった。

ポワレは一九〇八年、自分のデッサンしたコレクションをポール・イリーブに描かせた初のデザイン・アルバム『ポール・イリーブの語るポール・ポワレのドレス』を発表した。イリーブは当時、大胆な省略とコントラストを前面に押し出したユーモア雑誌『テモワン(証人)』をジャン・コクトーと発行するかたわら、広告会社を経営して酒や自動車などの商業ポスターの製作も手がけていたので、ポワレがアルバムの発表を考えたときまっさきに彼のことが頭に浮かんだのも当然のなりゆきであった。ポワレはモデルに着せたコレクションをイリーブに見せ、そのイメージを彼なりに表現するよう依頼した。「このポワレのアルバムが引き起こした反響はすさまじかった。それは、当時のモード・グラビアと決定的な断絶をしるし、新しいスタイルの出発点となった」(レイモン・バショレ他『ポール・イリーブ』)

しかし、挿絵本とイラストレーションの歴史から見た場合、画期的だったのは、ポワレのデザインとイリーブのデッサンよりもむしろ、そのファッション・プレートの複製技法だった。当時、モード・グラビアは伝統的な手彩色の技法を捨て、写真製版と多色刷石版にたよるようになっていたが、これらの技法は、色彩を命とするモードにとっては、思うような色を再現できないという点でいまひとつ物足りなさが残っていた。そこで、ポワレとイリーブが思い付いたのが、ポショワールという技法である。

ポショワールは、型を切り抜いたブリキや紙の上から筆で絵の具を塗るステンシル版画のことで、昔からエピナールと呼ばれる単純な民衆版画に使われてきたが、日本の型染めの技法に影響されたジャン・ソデが世紀末にこの技法を改良し、きわめて複雑な色彩を表現できるまでになっていた。ポワレとイリーブはアルバムの製作をこのジャン・ソデに依頼することにした。結果は見事なものだった。それまで目にすることのできなかったような鮮やかな色彩がアルバムの上に踊っていた。

しかし、はっきり言って、ポワレとイリーブのこのアルバムは、十九世紀的なファッション・プレートとは明らかな断絶をしめしているとはいえ、二十世紀という新しい時代を告げるモダンな要素を開花させるまでには至っていなかった。このアルバムにないもの、それは、肉体のしなやかな動きである。

この動きと色彩をポワレのモードにもたらしたのは、一九〇九年にパリにやってきたアメリカ人の女性ダンサー、イサドラ・ダンカンとロシア・バレー団である。ブリュノ・デュ・ロゼルは『ラ・モード』の中で次のように述べている。

「ポワレのモードは肉体のしなやかな動きへの回帰という点に特徴がある。これに関しては、イサドラ・ダンカンの影響はあきらかである。しなやかな布地を使った舞台衣装は一本の紐で胸のところで結ばれているだけで、首と胸と足に自由を与えている。それは肉体が動くとき、その自然なフォルムを一層ひきたたせることができた」

ポワレのデザインは、こうしたイサドラ・ダンカンの動きを取り入れたときから、ベル・エポックの桎梏を抜け出し、モダン・エイジのモードとして飛躍をとげるが、イリーブのマンガ・タッチのイラストではこのしなやかな動きを表現できそうもなかった。またロシア・バレー団に着想を得たカッティングと色彩を表現するのに、ベル・エポックのイラストレーターではセンスがいかにもずれている。そんなとき、ポワレの目にとまったのが、ジョルジュ・ルパープである。

ルパープは一八八七年にパリで生まれ、モンマルトルのアンベール画塾でブラック、ピカビア、ローランサンなどと親交をむすんだが、エコール・デ・ボザールの教室に移ってからは、ピエール・ブリソー、ベルナール・ブテ・ド・モンベル、シャルル・マルタン、A・E・マルティーなど、ダンディーを気取る若い画家たちともつきあって、ファヤール書店やアティエ書店のカタログのイラストを担当していた。おそらく、自分のイメージにぴったりくるイラストレーターを探していたポワレはこれらのイラストのいずれかに目を通したのだろう。さっそく、一九一〇年の暮にルパープのアトリエに使者が送られる。

こうして、一九一一年の二月、アール・デコの開幕を告げる『ジョルジュ・ルパープの見たポール・ポワレの作品』が誕生した。わずか三年の開きであるとはいえ、イリーブとルパープのイラストを隔てる径庭は大きい。ルパープのモデルは顔と上半身に比して、胸から下の部分が極端に引き伸ばされ、著しく均衡を欠いているが、このデフォルメがなんともいえないモダンな感じを出している。またロシア・バレー団のタマラ・カルサヴィナを連想させる長い首と剝き出しの細い腕、アイ・シャドーが濃いせいかどこを見ているのかわからない伏し目がちの視線、そしてポワレのモードの特徴であるターバンを被って、斜めに首を傾げたファニー・フェイス、これらすべてが、モデルニテの特徴である簡潔さとしなやかな動きを表現している。ここでさらに注目すべきは、モデルがイリーブのような「若い女」(jeune femme)ではなく「若い娘」(jeune fille)」に変わっていることだろう。つまり、理想の女性像がベル・エポックの成熟した女から、アール・デコの乙女へと変化しているのである。

しかし、やはり、イリーブから三年で長足の進歩をとげたのは、なんといってもジャン・ソデの手になるポショワールの色彩だろう。イリーブでは原色に近かった色がルパープでは微妙な中間色を出せるまでに進化し、色の輪郭もくっきりとしてきている。現在では印刷技術が発達したとはいえ、このポショワールの独特の色彩だけは再現することができない。

一九一一年に千部限定出版されたこの『ジョルジュ・ルパープの見たポール・ポワレ』は、さながら、それまでサナギとして孵化しつつあった新しい世紀のイラストレーターたちに、チョウに変身してよいという合図をおくったかのようだった。

明けて一九一二年、これまでとはまったくタイプの異なるモード雑誌が一斉に創刊されると、ルパープの周辺にいた若い画家たちは、新しい表現手段を見いだした喜びをあらわすかのように『モード・エ・マニエール・ドージュルデュイ』『ガゼット・デュ・ボン・トン』『ジュルナル・デ・ダーム・エ・デ・モード』などでファッション・プレートに腕をふるい始める。

このうち、十八世紀にラ・メザンジェール神父が始めたモード新聞と同名のタイトルを持つアール・デコのモード雑誌の草分け『ジュルナル・デ・ダーム・エ・デ・モード』と、モード・グラフィックの帝王リュシアン・ボージェルが一九一二年の十二月から一九二五年にかけて発行した〝今世紀最大のモード誌〟『ガゼット・デュ・ボン・トン』がアール・デコのモード雑誌として有名だが、これらについてはすでに方々で書かれているので、ここではもっとも早く創刊された五月発刊の『モード・エ・マニエール・ドージュルデュイ』について一言ふれておくことにしよう。これは一九一二年がルパープ、一九一三年がシャルル・マルタン、一九一四年がジョルジュ・バルビエ、一九一四年から一九一八年の大戦合併号はふたたびルパープ、一九一九年がA・E・マルティーという具合に、それぞれのイラストレーターが一年十二枚を担当するという形で刊行が進められた（一九二〇年はロベール・ボンフィス、一九二一年はフェルナン・シメオンだが、これはレベルが格段に落ちる）。『ガゼット・デュ・ボン・トン』『ジュルナル・デ・ダーム・エ・デ・モード』がともに千部を越える発行部数だったのに対し、『モード・エ・マニエール・ドージュルデュイ』は発行部数が三百部限定で、しかもファッション・プレートとしてはめずらしく、手漉き鳥の子紙という極上の和紙を使い（ただしマルティーまで）、おまけにポショワールの上にグワッシュで一枚一枚彩色してあるので、色彩は眺めるたびに感嘆の声

『モード・エ・マニエール・ドージュルデュイ』

をあげざるをえないほどに素晴らしく、掛値なしに、古今東西のファッション・プレートの中でもナンバー・ワンの美しさである。とりわけ、ルパープ、マルタン、バルビエ、マルティーの四人は、アール・デコのイラストレーターの四天王の名に恥じない仕上がりを見せているが、この中で、ファッションのイラストレーターとして圧倒的に優れていると思わせるのはやはりルパープであろう。というのも、彼のイラストレーションには、モデルがポーズを取ったところではなく、日常の自然な動きをスナップ・ショットで捕らえたような独特の力動感があるからだ。そして大胆な構図と明るい華やかな色彩は、ルパープがアール・デコの代表的イラストレーターの名に恥じない独創性をもっていることを我々に教えている。

だが大胆な構図と色彩ということだったら、シャルル・マルタン（一八八四―一九三四年）の右に出るものはいない。マルタンの色彩は、四天王のうちで、もっとも原色に近く、ミラノ・ファッションのようなイキな感じがする。とりわけ、「赤」と「緑」の使い方のうまさはマルタンの特徴となっている。しかし、やはりマルタンをマルタンたらしめているのは、人の度肝を抜くようなその構図だろう。この構図の面白さは、やがて、エリック・サティーの曲にイラストをつけた彼の代表作『スポーツと気晴し』（一九一九年）のなかで存分に発揮されることになるが、もうひとつ彼の持味がよくでているものにルイ・フォレスト著の『葡萄酒閣下、酒飲み術』(一九二七年)がある。葡萄酒を飲む男の表情がエスプリに富む軽妙なタッチで巧みに描きわけられている。

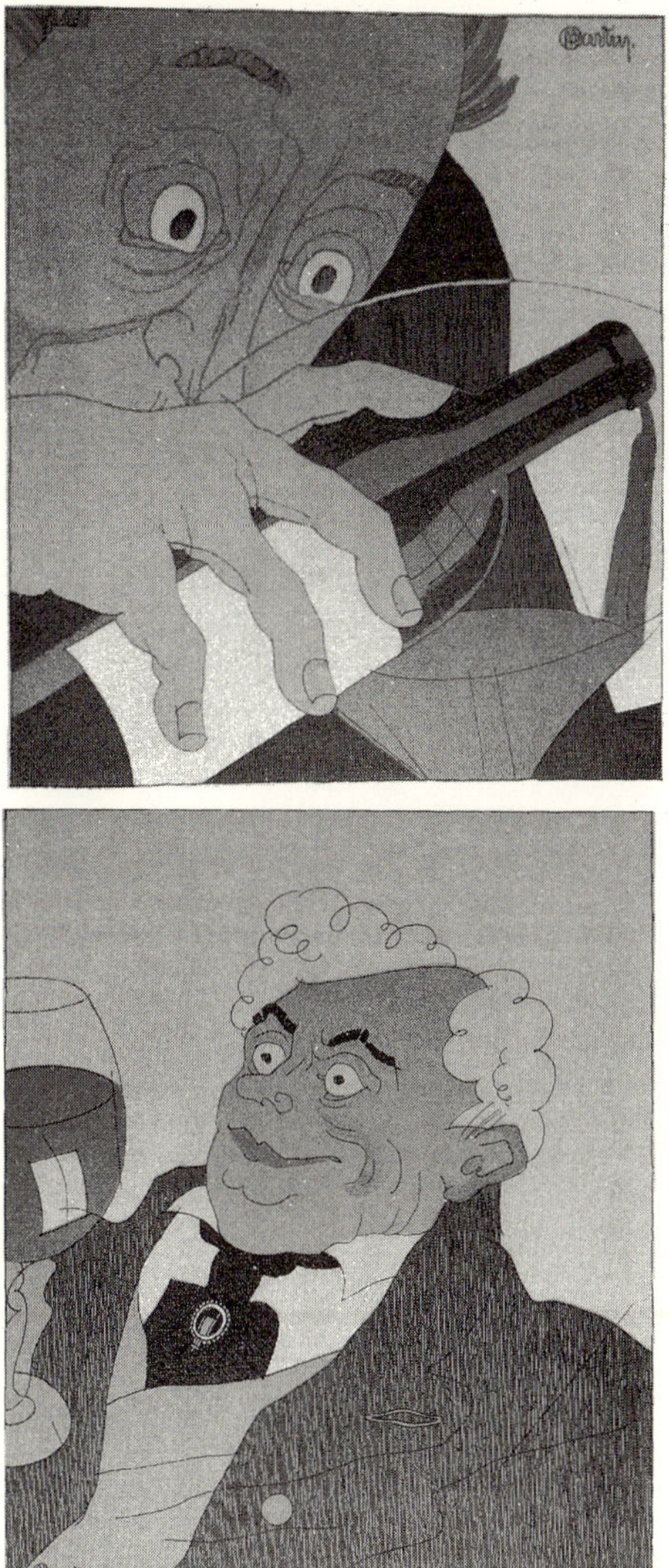

『葡萄酒閣下，酒飲み術』（シャルル・マルタン挿絵）より

マルタンの特徴がユーモアと大胆さにあるとすれば、A・E・マルティー（一八八二―一九七四年）のそれは、一言でいって「可憐さ」「エレガンス」に尽きる。欧亜混血のような切れ長のつぶらな瞳のマルティーの少女を見たら、女子学生ならずとも、あまりの愛らしさに思わず、嘆声をあげることになるだろう。まさに少女趣味の極致である。筆者の知合いには、メーテルリンクの『青い鳥』（十五年の中断を経て一九四五年に出版）のマルティーの挿絵を見せたところ、ひと目でこれに恋してしまった四十男がいるほどである。（じつはこれ、荒俣宏さんのことである。）だが、マルティーの可憐さを本当に知るには、ジェラール・ドゥヴィル著の『花の王冠』（一九二八年）を、一ページずつひもといてみなくてはならない。この本は、その控えめな体裁にもかかわらずアール・デコの挿絵本の代表作に数えられている。

ところで、この『モード・エ・マニエール・ドージュルデュイ』を発行していたのはコラールという印刷出版業者だが、コラールの名前はアール・デコのグラフィックの歴史を語るうえでは絶対に欠かせないものである。というのも、このピエール・コラールこそはアール・デコ最高のイラストレーター、ジョルジュ・バルビエを世に送り出した人物ともいえるからである。

＊

ジョルジュ・バルビエは一八八二年にナントに生まれ、同郷の先輩ルペールやラブルールと同様、版画の大コレクターだったロッツ・ブリソノーに才能を見いだされて一九〇八年にパリにやってきた。エコール・デ・ボザールに籍をおくかたわら、ルーヴル美術館で、エジプト絵やエトルリアの壺絵などを研究したり、象徴派の詩や小説に耽溺したりして、

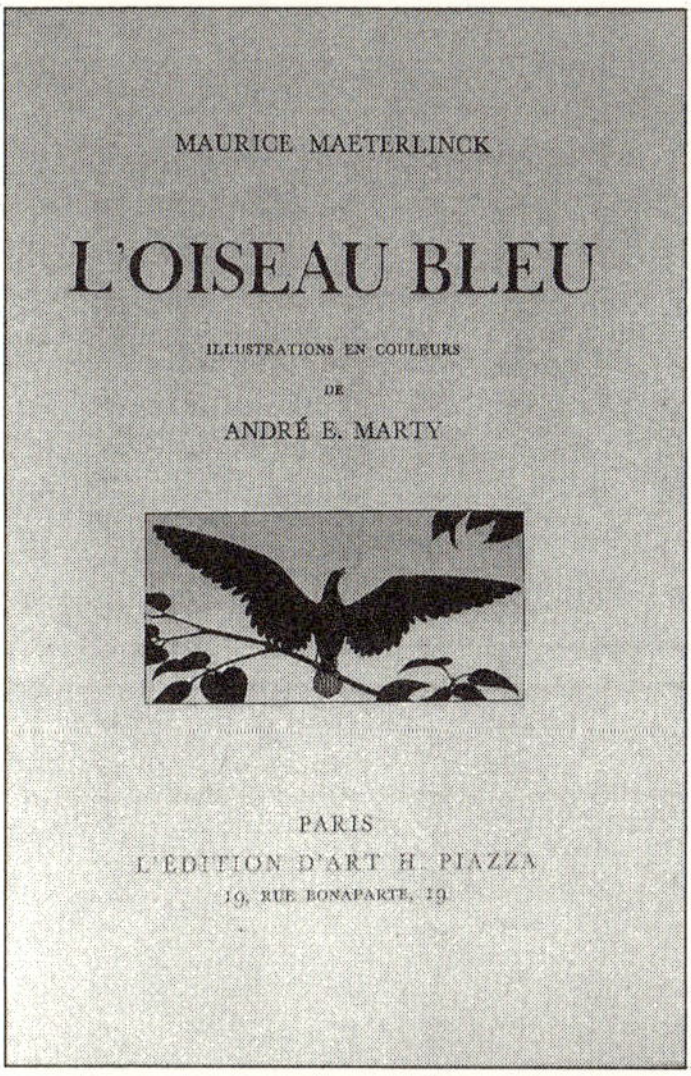

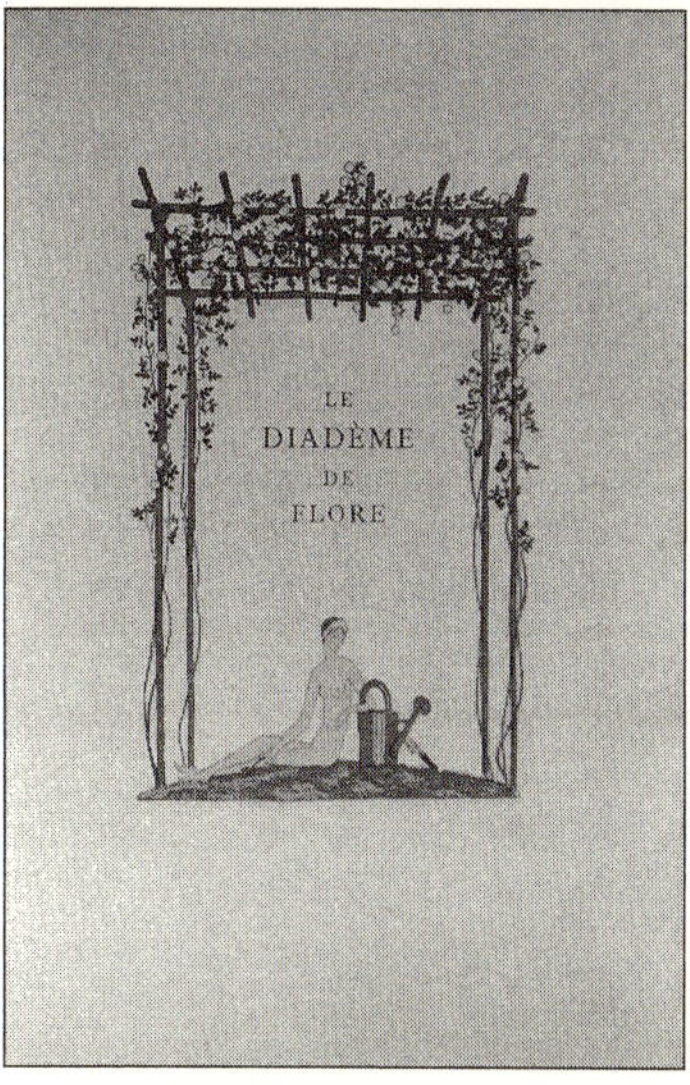

『青い鳥』と『花の王冠』（マルティー挿画）扉

異教的な世界の雰囲気に親しんだ。一九一一年に初の個展を開いたが、そのテーマは「ギリシャの神々」「ロシア・バレー」「流行の美女」というように、後年の彼の基本的な主題となる分野がすでに出揃っていた。

なかでも、バルビエを魅惑したのは、一九〇九年以来毎年パリにやってきて大センセーションを巻き起こしていたディアギレフ率いるロシア・バレー団だった。ニジンスキーやカルサヴィナのオリエンタル風の衣装と華麗なバレーはバルビエを心の底から震撼させ、アルバムの製作を思いつかせた。一九一三年の『ニジンスキー』、一九一四年の『タマラ・カルサヴィナ』のポショワールの連作アルバムは、浮世絵風の大胆な構図と思わず息を呑むような色彩のコントラストによって、アール・デコの到来を告げたマニフェストとなっている。

バルビエの才能はファッション・プレートでも遺憾なく発揮された。すなわち、彼は『モード・エ・マニエール・ドージュルデュイ』の一九一四年分十二枚のファッション・プレートを製作したばかりか、『ガゼット・デュ・ボン・トン』『ジュルナル・デ・ダーム・エ・デ・モード』にも、矢継ぎ早にジャポニスムとシノワズリを取り入れたイラストを発表して、ファッション・プレートの価値を一層高いものにした。

しかし、その独創性は必ずしも前向きのモダニズムではなかった。すなわち、ルパープやマルタンのファッション・プレートが、次の動きを連想させる力動感、つまり近接未来形を特徴としているとすれば、バルビエのそれは、活人画のように、一瞬前の動きは連想させても、そこで永遠に時間が凝固してしまったような近接過去形を特徴としていた。この点、バルビエのモダニズムは、すでにしてレトロ・モダンな要素をもっていたわけだが、こうした個性はファッション・プレートよりもむしろ、挿絵本の分野でより大きな展開を見せることになる。

一九一四年、ギリシャ趣味の横溢する金と黒の二色刷りアルバム『雅歌』を発表したバルビエは、いよいよ、念願のピエール・ルイスの『ビリチスの歌』の挿絵に取り掛かった。ピエール・ルイスはバルビエが初の個展をしたときに、パンフレットに序文を寄せたほどバルビエの才能を高く買っていたが、バルビエにとっても『ビリチスの歌』の神話的・異教的雰囲気は憧れてやまぬ世界だった。

ところが、原画を描き上げたとき、思いもかけぬ第一次世界大戦が勃発し、この挿絵本の製作は中断のやむなきにいたる。おまけに、出版をひきうけていたピエール・コラールが戦死するという不運にみまわれ、企画はいったんは挫折してしまう。

だが、戦争が終わり、平和が戻ると、個性的な豪華挿絵本を出版しようという野心的な男があらわれてくる。戦前から、マルタンなどの挿絵本を手がけていたメニエルがそれである。メニエルはコラールがやりかけていた仕事をすべて受け継ぎ、『モード・エ・マニエール・ドージュルデュイ』の刊行を再開すると同時に、『ビリチスの歌』の企画を再びとりあげ、バルビエの原画をF・L・シュミットに板目木版で刷らせることにした。

F・L・シュミット（一八七三—一九四一年）は、日本ではまったく知られていない芸術家だが、彼が挿絵本の歴史に残した足跡は実に巨大なものがある。というのも、シュミットこそは、ブレイクやモリスに優るとも劣らない書物の総合的芸術家だったからである。彼は、オーギュスト・ルペールのもとで修業した並外れた彫り師・刷り師であったばかりか、本の紙も自分で選択し、さらに活字も製作してレイアウトもおこない、革装幀のためのデザインまでこなす超人的なブック・アーチストだった。一冊の本の製作に普通、二年か三年をあて、自分の仕事のノウ・ハウを一切他人には公開しなかった。そして、一九二三年の『サランボー』からは、自分でイラストレーションも手掛けるようになり、この分野でもアール・デコの最高のイラストレーターに数えられるようになった。

一九二二年に出版された『ビリチスの歌』は、バルビエの最高の原画とシュミットの最高の彫りと刷りが見事に合体した大傑作として永遠に挿絵本の歴史に残るものとなった。バルビエとシュミットのコンビは、この年、もうひとつフラマン作の『劇の登場人物』を製作したが、こちらも『ビリチスの歌』に劣らぬ傑作である。シュミットの手によって作り出された木版刷りの独特の色彩は他のどんな技法をもってしても再現不可能で、アール・デコの第一級品の芸術作品となっている。

再現不可能な芸術作品といえば、この一九二〇年にバルビエが発表した『現代の幸福』と一九二二年から一九二六年のあいだに世に出した『ひだ飾りとレース飾り』の二つのアルバムは、ポショワールという技法を芸術の域にまで高めた記念碑的作品である。ここには、ジャポニズム、シノワズリ、モダニズム、オリエンタリズム、ロココ趣味というようにバルビエの作品に散見されるあらゆる要素が、もっとも完成された形で凝縮されている。バルビエは無声映画の伝説的スター、ルドルフ・ヴァレンチノの衣装デザインのほとんどを担当していたといわれるが、こうしたアルバムの華麗なデザインを見れば、いかにもと首肯される方も多いだろう。

バルビエはその後、舞台衣装や舞台装置に時間を割くことが多くなり、挿絵本の製作は一時中断したが、一九二八年から再び挿絵本の世界に戻り、ヴェルレーヌ『艶なる宴』、シュオップ『架空の伝記』など傑作を次々に送り出した。そして、大恐慌にもめげず、一九三二年、ピエール・ルイスのもうひとつの傑作『アフロディット』の挿絵を描きはじめたとき、突如病に倒れ、五十歳で世を去った。晩年に絵が荒れたルパープとは違って、バルビエはひとつとして駄作のなかった画家だったので、早すぎる他界を惜しむ声も多かった。しかしよく考えてみれば、大恐慌で豪華挿絵本の注文は完全に途絶し、アール・デコのグラフィック・アートはすでに終焉をむかえていたのだから、あるいは、同時代のイラストレーターのような不幸な晩年を送らずにすんだのはまだしも幸運だったともいえるのかもしれない。

＊

さて、以上、アール・デコの誕生を主にファッション・プレートの方面から考察してきたが、もちろんファッション・プレートには手を染めなかった優れたイラストレーターもたくさんいる。ラブルール、ビュシェ、ヴェルテス、ラボルド、ソヴァージュ、ディニモンなどは、それぞれ別個に論じてみたい個性的な挿絵画家である。

なかでも、ラブルール（一八七七―一九四三年）はロートレックとルペールの影響の元に出発し、キュビズムの原理を最も大胆に取り入れて、銅版画の世界にウルトラ・モダンな独自の境地を開いた版画家として有名だが、挿絵画家としても大活躍し、コレット、ジッド、ジロドゥー、ラルボー、プルーストなど二十世紀を代表する作家たちの名作にシャープでドライな独特の挿絵を提供している。P・J・トゥーレの『対位脚韻』（一九三〇年）は、こうしたラブルールの持味が存分に発揮された作品で、ビュランの鋭い線で描かれた女性の真っ白な裸体は、いわば永遠のモデルニテでわれわれを魅了してやまない。アール・デコの挿絵本の最高傑作のひとつに数えられる作品である。

＊

ところで冒頭に述べたように、こうしたアール・デコの挿絵本の傑作は、マルティーの『青い鳥』を除くと、すべて一九一〇年から一九三〇年の二十年間に集中的に製作されている。すなわち、大恐慌が世界をかけめぐったあとは、注文が途絶えたばかりか、微妙な手仕事を必要とするポショワールや木版の技術が受け継がれず、豪華な挿絵本の伝統は完全に途切れてしまったのである。そして、アール・デコの挿絵本の最高の芸術家だったシュミットは、一九四一年、困窮のうちに世を去った。それはさながらアール・デコの挿絵本の運命を象徴しているかのようであった。

『青い鳥』（マルティー挿絵）より

再アンコール

パリ　古書店あんない

パリは、日本やアメリカの大都市と比べると、骨董品のような都市であり、時計は十九世紀のオスマン改造の頃からあまり動いていない。そんな骨董都市のなかでも特に時計の進みが遅いのが古書店である。遅いどころか、そこでは時計は逆回りになっていて、十九世紀にはおろか、印刷術が発明される以前の羊皮紙の時代にも遡っていく。つまり、古書店は、パリの中に設置された時間旅行機《タイム・マシン》であり、この中に一歩足を踏み入れれば、二十一世紀に生きるわれわれが中世の写字生と会話を交わすことだって可能なのである。そればかりか、しかるべき金さえ用意するなら、その写本を日本に持って帰ることも不可能ではない。

しかし、タイム・マシンであるがゆえに、それを操縦するには、かなり特殊な技術と根気を必要とする。つまり、パリの古書店に入って、そこで自分の探求していた本を捜し出すには、それなりのノー・ハウを心得ていないといけないということだ。

日本の大型の新刊書店とちがって、ただ黙って店に入って、無言のまま気にいった本を選んでくることは許されない。パリの古書店に入るには、まず店主あるいは店員の目を見すえながら、「ボンジュール・ムッシュー（マダム）」とはっきりと挨拶できなければならない。これは古書店にかぎらず、フランスの個人商店一般について言えることである。フランスでは、いまだに「お客様は神様です」という発想はなく、商人は客に「売ってやる」と思っているのだ。

次に、パリの古書店では、自分の探している本の題名、さもなければ、探求分野をフランス語で言う必要がある。ただなんとなく、ブラッと、という態度は許されない。客はなにか探しているものがあるから店に来るのであって、そうでなければそれは客を装った泥棒だ、と古書店主は考えるのである。日本のような無言の古書漁りがしたければ、河岸の古本屋かジョルジュ・ブラッサンス公園で土日に開かれる古本市を流すしかないだろう。

また、パリ古書店のほとんどは専門書に特化しているから、専門以外の本をあげても、ただ「ノン」と冷たく言われるだけである。

最後に、そして一番重要なことは、これまで書いてきたように、店が開いている時間にその店に入ることである。何が難しいといって、これほど難しいことはない。なんとならば、ほとんどの店が店主独りでやっているから、食事その他の理由ですぐに店は「ただいま留守中」になるためである。それでも、最近は、「必要なら、これこれの携帯番号に電話しろ」という張り紙があるようになったが、張り紙のない店のほうが圧倒的に多い。これればかりは、文明がいくら進歩しても変わりはないようだ。

しかし、これだけの障壁を乗り越え、機械の操縦法をマスターすれば、パリの古書店はこの世に二つとない時間旅行機となる。潤沢な資金と、飽くなき探究心がありさえすれば、歴史や美術の教科書でしか見聞きできなかったようなビッグ・ネームの初版本、サイン本、挿絵本、いや生原稿にさえ、いとも簡単に出会えるばかりか、それを買ってきて自分の書斎に置くこともできるのである。

いや、極端なことをいえば、自分の書斎をして、欧米の美術館や博物館と張り合わさせることすら許されるのだ。

しかし、金と意志さえあればどんな世界の逸品でも「買う」ことができるというこの事実は、下手をするととんだ命取りにもなりかねない。古書というのは、どんなに稀覯本であろうとも、複製品であるという性質上、根気強く探せば必ず出てくるのであり、「買える」のである。これが、一点ものを基本とする美術品との大きなちがいである。レンブラントの油彩は、本人によるレプリカであってもまったく同じものは二つとない。一方、グーテンベルクの『聖書』は、複製品である以上、多少状態が異なっていても、グーテンベルクの『聖書』である。それゆえ、今後、それが古書店に絶対に出てこないという保証はない。つまり、買う気さえあれば「買える」のである。

この「買える」という要因が、コレクターの人生を大きく誤らせる結果となる。レンブラントの蒐集は世界的な大富豪にしか許されないが、古書の場合、ジャンルの絞込みさえしっかりとするなら、普通のサラリーマンでも世界一のコレクターとなることは可能なのである。ただし、それは、コレクター以外のすべての属性（家庭生活を含めた一般人の生活）を放棄し、人間であることをやめることを意味する。古書のコレクターとなるか、人間をやめるか、大金持ちでもないかぎり、選択肢は二つに一つである。

パリの古書店は、過去に自由に旅することのできる素晴らしいタイム・マシンだが、それは同時に、善良な小市民を地獄へとたたき落とす恐るべき陥穽かもしれないのである。

Librairie Lardanchet

1　ラルダンシェ書店

パリで一、二を争う高級店。カタログ収録の本は、最低でも百万円はするような代物ばかり。そのかわり、どれも極めつけの逸品で、アンペカーブル（けちのつけようがない）というフランス語の形容詞はこの古書店の本のためにあるようなもの。ここのカタログに載ったというだけでその古書は保証付きとなる。

とはいえ、書店の外見はまったくそうは見えない。なぜなら、一階部分は、新刊の美術本屋になっているからだ。二階の古書部には、電話でランデ・ヴーを取った者だけが通される。しかし、分厚い絨毯を敷き詰めたその古書部の本棚に置いてある本は、カタログに載っている稀覯本ではない。本当の稀覯本は全部、巨大な金庫の中にしまってあるからだ。金庫の本は、数百万円から始まって、億を軽く越えるようなウルトラ級の本ばかりである。

特別に許された客のみが、手袋をはめた上で、これらの宝石に触れることができる仕組みになっている。

しかし、店主もその若き跡継ぎも、例外的にいたって感じのいい人物。これは、超高級店にしては例外的なことである。

＊大統領官邸のほど近く、高級ブティックや画廊の並ぶハイソな八区に店舗を構える「超高級古書店」。一九五〇年代にアール・デコのデザイナーによって設計された店内には、店主が世界中から買い付けた十六―二十世紀の美術書が中心に並び、特別な稀覯本は金庫の奥にしまわれる。顧客は四十代以上の政治家や実業家、哲学者などだが、若い人に古書の魅力を解説するサロンを開くなど、コレクターを「育成する」ことも忘れない。

100,rue du Fanbourg Saint-Honoré, 75008 Paris
Tel. +33(0)142666832
Hours: Mon-Sat 10:00-19:00
＊八月は休みだが、アポイントを取れば開けてくれる

Librairie Monte Cristo

2 モンテ・クリスト書店

ジュール・ヴェルヌを始めとする挿絵入りの少年・少女向けの本の専門店。ジュール・ヴェルヌの版元であったエッツェル書店が得意とした、赤や青のクロス地に金色で文字や装飾を配したカルトナージュ本（ボール紙にクロス装幀した本）が所狭しと並べられている。フランス語が読めなくても、挿絵だけでも楽しみたいという人には最適。

フランスでは、近年、こうした児童読み物への評価が高まり、何軒か専門店が生まれてきているが、モンテ・クリスト書店はそのうちの代表的な一軒。もう一軒、同系列の「神秘の島」というジュール・ヴェルヌの小説にちなむ店がラグランジュ通りにある。

店主はいつでも店内にたむろするオタク風の客と話しをしていて、かならずしも好感が持てるとは言いがたいが、悪い人間ではないので、探索本があれば気軽に探してくれる。

ただし、値付けは専門店ということもあってかなり高い。とくに、ジュール・ヴェルヌは、版によっては、日本人がビックリするような値段がついている。

＊「海底二万里」などの小説で有名な作家ジュール・ヴェルヌの書籍と子供向けの本約三千冊を売る。一九七五年の創業当時よりジュール・ヴェルヌ専門店であったが、十四年前に古書コレクターだった現在の店主エムス氏が買い取った。ヴェルヌ作品のコレクターは多く、その魅力は「文化的レベルの高い人だったヴェルヌの作品には、当時の子供たちの夢が投影されているだけでなく、科学者がサポートした裏付けがある」ところだとか。

5, rue de l'Odéon, 75006 Paris
Tel. +33(0)143264903
Hours: Tue-Sat 11:00-13:00, 14:30-19:00

3 ジュソーム書店
Jousseaume

ギャルリ・ヴィヴィエンヌというパサージュの中という立地といい、箱に入れたゾッキ本が表に並べてある点といい、日本人がイメージする「パリの古書店」に最も近いのが、このジュソーム書店である。事実、日本の女性誌などでパリのアンチック専門店の特集があると、古書店としてはかならずここが取り上げられている。おそらく、日本人がパリの古書店を背景にした映画を撮るとするなら、間違いなくこの店がロケ地に選ばれるだろう。

では、本当に日本人の考えるような古書がここにあるかというと、その予想は決して裏切られることはない。一九六〇年代の写真集やグラフィックな雑誌、それにある程度の革装幀本などなど、日本人の抱く「フランス洋古書」のほとんどがここにある。事実、この店で、掘り出し物を発見したと喜ぶ日本人も少なくない。

しかし、そのことは、ここがパリの古書店としてA級店であるということを意味しない。つまり、日本人の考える程度の古書ならこの店は過不足なく揃えているが、それ以上の古書、つまりフランスの古書業界で通用している意味での古書となると、いささか心もとない。私はこの店の雰囲気が好きで、わりと足を運ぶのだが、肝心の本となると、買った記憶は案外少ないような気がする。ようするに、ジュソーム書店は、いい意味でのB級書店の典型であり、こちらの予算に見合った本をしっかりとそなえているという点において、入門者には最適の店ということができる。値段付けは、一昔前と比べると多少高めだが、若い店主は感じがいい。観光客相手の要素も多少あり、日本人でも気軽に入っていける店である。

＊一八二六年創業の老舗古書店。四代目店主が一万七千冊に及ぶ在庫を管理し、インターネットによる通販も行なっている。かつては国立図書館のお膝元だったが、再開発地区に移転したことにより「客層が変わった」と少し寂しい顔。「でも、古本には古いものの中に新しい発見をする喜びがある。それに本は人間の『言いたいこと』がつまっているから、永遠になくならず、これからもずっと続いていくものなんだ」

45-46-47, GalerieVivienne, 75002 Paris

Tel. +33(0)142960624

Hours: Mon-Sat 11:00-19:00

4 Christian Garantaris ガランタリス書店

ジュソーム書店とちがって、客を圧倒するような革装幀本が天井の高い店内に整然と並べられているから、初心者は足がすくむこと必定。しかし、店主も店番の女性も、きわめてフレンドリーで、日本人の下手なフランス語にも愛想よく返事してくれる。私の古書知識の多くはここから仕入れられた。多少ともフランス語が話せて、古書について知りたい人は、訪れる価値大。

とはいえ、この店をパリの古書店の標準と考えると、大きく誤ることとなる。パリの古書店主は無愛想きわまりない人間のほうが多いからだ。

店主のクリスチャン・ガランタリス氏は、十九世紀本（リーヴル・ロマンチック）の大権威で、公式鑑定士・競売人の資格を持つ。彼の名前において発行される競売カタログは数多い。また、愛書趣味についての本も著している。

ただ、競売が商売の中心であることもあり、店内においてある本は、装幀の見事さの割りにたいしたことはないというのが私の偽らざる感想。本当の稀覯本はみなオークションに回るので、店には、それ以外の本が並んでいるのかもしれない。

＊「実は店にはほとんど力を入れていないんだ、古書店主と鑑定士は両立できないものだよ」。裁判所から遺品書籍の鑑定を頼まれるなど、さまざまなリクエストを受けて鑑定を行なう彼の机の周りには、依頼中の書籍がうず高く積まれている。「いくら印刷が綺麗でも、価値のないものもある。装幀や紙の素材、インクの種別などで価値を判断していく。大変な記憶力、知識と膨大な資料が必要な仕事なのです」。

15, rue des Saints-Pères, 75006 Paris

Tel. +33(0)147034965

Hours: 不定休（電話をすれば開けてくれる）

Librairie de L'Avenue
5 リブレリ・ド・ラヴニュ

パリで一番広大な古書店。いや、正確には、一番広大な「古本屋」というべきだろう。なぜなら、ここには古書と呼べるようなものは少なく（中二階の古書部は、店主の娘が経営する別部門）、ほとんどがセコハン本だからだ。そのかわり、ここには、全ジャンルの本がある。それも、相当な規模で。したがって、少し前に出て、新刊本屋ではもう手に入らないが、古書店が手を伸ばすほどには古くない中途半端なセコハン本を見つけたければ、ここに行くに限る。

ただし、この本屋を見つけるのは至難の業。なぜなら、それでなくとも錯綜しているクリニャンクールの蚤の市でも、最も複雑なマルシェ・マリックの一角にこの書店はあるからだ。

しかし、この困難を乗り越えて、ここを発見できたら、意外な掘り出しものが待っている可能性はある。ガラクタ本の好きな人向き。

＊店頭に出ている本だけで二十五万冊という巨大古書店。ほとんど「倉庫」のような雰囲気の店内は、全て歩くと一キロにもなるという。蚤の市のある土・日・月には五百—千人の客でにぎわう。書店員や専門家の客が多いのは、出版社から直接在庫本を買い受けているため「絶版本が見つかる」からだとか。主に稀覯本を担当する店主の娘ローレンスさんはこの店に立って五年目。一番好きな本は?「どの本も好きだから、選べないわ!」

31, rue Lecuyer, 93400 Saint-Ouen
Tel. +33(0)140119585
Hours: Sat, Sun, Mon 9:00-19:00, Tues-Fri 9:00-12:00, 14:00-19:00

LIBRAIRIE DE L'AVENUE
HENRI VEYRIER
livres d'occasions
gravures
anciennes

Librairie La Porte Etroite

6 ポルト・エトロワット書店

＊アンドレ・ジッドの「狭き門」からとったという店名どおり、パリでも随一の「売り場面積の狭い店」。わずか二十平米ほどのお店だが、一九二五年に創業し一九七五年にインテリアデザイナーだった現店主が買い取って以来、美術書専門書店として地元の学生たちに親しまれている。「企業化した本屋と違って、僕はここにある三千冊の本全ての内容を把握している。内容の良さを本当に理解してくれるお客さんに売っていきたいね」

10, rue Bonaparte, 75006 Paris
Tel: +33(0)143542603
Hours: Tues-Fri 14:00-19:00, Sat=14:00-18:00

Marché du Livre Ancien et D'occasion

7 ジョルジュ・ブラッサンス公園の古本市

＊パリ十五区、ジョルジュ・ブラッサンス公園内のアーケード下で週末に行なわれる大きな古本市。ヴァンヴの蚤の市を訪れた帰りに覗く人も多く、晴れた日にここでぶらぶらと本探しをするのは気持ち良い。バンド・デシネの専門店や写真集・美術書の強い店など、さまざまな業者が参加しており、いろいろなジャンルの本が見つかるため、客層も老若男女、幅広い。高価な稀覯本はないだろうが、探せば掘り出し物が見つかるかも。

Parc Georges Brassens Pavillons Baltard rue Brancion, 75015 Paris
Tel. +33(0)145321275
Hours: sat, san

再々アンコール

知的遊戯の宝庫、パリの古書店巡り

日本とフランスでは、古書店というもののイメージがまったく異なる。その相違は古書というものの捉え方の相違から来ている。

日本の場合、新刊書店で購入した本に購入者が手を加えることは原則としてない。古書は新刊本が経年劣化した「セコハン本」にすぎない。したがって、状態の良い古書というのは、新刊のままの状態で（つまり帯も箱もなにもかもが真空パック状態で）保存されたものがベストとされる。また、古書の価格が高くなるのは、新刊のときの出版部数が少ないか、あるいはなんらかの理由で古書として残存しているものが少なくなった場合に起きる現象である。

これに対し、フランスでは、第二次大戦前までは古書といえばそれは即、革装丁本を意味していた。新刊本を購入した人は、これにざっと目を通した後（ないしは読む前に）、装丁屋に出し、戻ってきた革装丁本をじっくりと読むのを常としていたからだ。古書として出回るのは、革装丁の済んだ本ということになっていた。

では、なぜ、こうした手間のかかることをしたのかといえば、本が出版された段階では仮綴じの状態にすぎなかったからである。そのため装丁しないで読んでいると、綴じがほどけてバラバラになってしまう。しかし、それなら、初めから堅牢な版元装丁にすればいいではないかというのは素人考えで、階級差が大きく、また他人と違うことを最重要視するフランスのような価値観の国においては、「自分が選んで買った本は自分の好みの装丁を施す」のが当然とされていたのである。

よって、本は、新刊のときには平等でも、「誰に所有されたか」によっておおいに格差がつくことになる。金持ちに所有された本は豪華装丁に、貧乏人に所有された本は貧弱な装丁になるという、ある意味、人間と同じような運命をたどったのである。

たとえば、同じディドロ＝ダランベールの『百科全書』でも無名のブルジョワが所有していた本と王妃マリ・アントワネットが所有していた紋章入りの本とでは、古書価格に数百倍の差が出てくることになる。このように、それぞれの所有者が思い思いの装丁を施すから、最終的には「同じ本は一冊もない」ということになるのだ。

そして、この原則は古書店にそのまま持ち越され、古書店の「格差」となって表れるのである。つまり、フランスの古書店は、フランスが格差社会（というよりも階級社会）であるのに応じて、階級分化が著しいと言える。

さて、以上のような観点をあらかじめ頭に入れておくと、フランスの古書店というものを理解するのがだいぶ容易になる。つまり、一口にピンからキリまでと言っても、そのピンとキリの差は日本の比ではなく、同じ古書店という名称でこれを一括りにしてはいけないのである。

では、ここにフランス古書店初心者がいて、ピンの方は恐ろしいから、キリの方から古書店を巡っていきたいと思っているとしよう。その初心者はどこを訪れたらいいのか？

私は、パリの南の外れのジョルジュ・ブラッサンス公園で毎週土日に開催されている古書市をお勧めしたい。ジョルジュ・ブラッサンス公園は、かつてヴォジラールの屠畜場があった場所に三五年ほど前に造られた公園で、古書市はその一角のパヴィリオンで開催されている。出店しているのは全員プロで、それぞれの売り台（これをスタンドという）に自分が集めてきた古書を並べているが、レベルはまちまちで、セコハン本もあれば、革装丁の古書もある。そうじて状態は良いとはいえないが、その分、価格は低めである。ただし、これはという本にはそれなりの値段がついているので、思ったほど掘り出しものはないが、フランスの古書というものの「下のレベル」を見るには最適な場所といえるだろう。日本人観光客もよく足を運ぶヴァンヴの蚤の市から徒歩で一〇分ほどのところにあるので行きやすい。バスならポルト・ド・ヴァンヴから95番に乗り、ブランシオンで下車。

ちなみに、この95番のバスというのはパリで蚤の市巡りをする人のために設けられたような路線である。というのも、その両方の終点にヴァンヴの蚤の市とクリニャンクールの（正確にはサン・トゥーアンの）蚤の市があるからだ。したがって、ポルト・ド・ヴァンヴで乗った人がそのまま四〇分バスに乗ってパリを縦断すれば、クリニャンクール蚤の市の西の外れにあるポルト・ド・モンマルトルという終点に着く。

というわけで、次に訪れるのはクリニャンクールの蚤の市の中にある古書店「リブレリ・ド・ラヴニュ」ということにしよう。ここは、環状高速道路（ペリフェリック）に沿ったマルシェ・マリック（衣料品の市場）から少し入ったところにある古い建物全部を使った巨大な店舗で、ありとあらゆるセコハン本、つまり絶版品切れの本をジャンル別に並べてあるので、私は非常に重宝している。なにか新しい連載を始めるときにはここに出掛けて関連書を一〇〇キロ分くらい買い込むこともある。店主は少し変わり者だが、悪い人間ではないので、馴染みになればいろいろと教えてくれる。中二階になったところにはセコハン本ではなく、ちゃんとした古書（一九世紀本）を扱う別の古書店がある。価格、状態ともにまずまずといったところ。ここでフランスの古書店とはこういうものかと当たりをつけておくといい。

こうして蚤の市の中にある古書店で小手調べをしたら、いよいよ、パリの市街に出て古書店の扉を押してみることになるが、そのさい、あらかじめ注意しておかなければならないことがある。

それはパリの古書店に入るときには、個人の家を訪れるのと同じ心構えが必要だということ。日本の古書店のように黙って入って黙って出ていくことは許されない。入店するときは店主の目をしっかりと見て「ボンジュール」と声を掛け、退店するときには「メルシ。

ヴ・ルヴォワール」と別れの挨拶を交わすという最低限の礼儀を守らなくてはならない。それだけではない。もう一つ、是非とも心がけておく必要があるのは、自分が探している本の題名か著者名くらいは言えるようにしておくことだ。というのも、入店して「ボンジュール」と呼びかけると、かならず店主が立ち上がって寄ってきて「ケスク・ヴ・デジレ？（何をお探しでしょうか？）」と尋ねてくるからだ。このとき具体的な書名や著者名が言えればいいが、そうでない場合は窮余の一策として次の言葉を口にする。すなわち「アン・ク・ドゥーユ？」あるいは「オン・プ・ヴォワール？」。どちらも「見てもいいですか？」という表現で、これさえ言っておけば、「ウイ・ビヤン・シュール（もちろんですとも）」という答えが返ってくるから、心ゆくまで棚を眺めることができる。

さて、以上の礼儀をわきまえたうえで、いよいよ店に入るわけだが、では、どんなところに古書店がまとまって存在しているのかといえば、左岸だったらオデオン界隈。右岸だったら、フォーヴル・サントノレ界隈ということになるだろうが、それとて点在しているというレベルで、日本の神田神保町のようなわけにはいかない。

このうち、オデオン界隈というのは、セコハン本屋から高級店までいろいろとヴァラエティーに富んでいるので、見て歩くのに楽しい。通りでいえば、オデオン通り、トゥルノン通り＝セーヌ通り、それにボナパルト通りが古書店の多い通りとして知られる。

ただ、どこも強烈な個性の店主なので、「パリの古書店というものがどんなものか見てみたい」というレベルの好奇心で訪れると、拭い消せないほどのトラウマを受けることになるから要注意。


なかで、比較的に応対がよく、日本人にとっても好奇心がわくのは、オデオン通りの「ジュール・ヴェルヌ書店」だろう。というのも、この店は、その名の通り、エッツェル書店が大量に発行したジュール・ヴェルヌの「驚異の旅」シリーズを中心に扱っており、そのほとんどが挿絵本なので、手に取って眺めるには最適だからだ。カルトナージュと呼ばれる版元装丁の布装丁本だが、値段は安くて五〇〇ユーロ（約六万二五〇〇円）、高いものだと二〇〇〇ユーロ（約二五万円）になるから、そう簡単に買えるものではない。

もう一軒、比較的良心的な対応をしてくれるのが、ボナパルト通りの老舗ピカール書店。ここは大きな書店で、歴史書を中心にありとあらゆるジャンルを取り揃え、店員も比較的親切なので、初心者には向いているかもしれない。〔後記。名門ピカール書店は、二〇一五年に古書店としての営業を中止。現在、セギュール通りに移転し、新刊のピカール＆エポナ書店と名を変えて営業中。なおピカール書店の跡には、サン＝タンドレ＝デ・ザール通りにあった老舗クラヴルーユ書店が、名前をフブリス・テセードル書店と改めて入居している」

これと反対に、年収一億円以上の人でないと敷居が高いのがカミーユ・スルジェ書店。ここは、「フランスで一番高い店」と呼ばれたシャルトルのスルジェ書店から、娘が独立して造った超高級書店の一つで、最低百万円からの品揃えである。いつか取材のために撮影をお願いしたら、店内風景ならOKだが、店主御本人は「撮影なら、メイクする必要があるから」という理由で撮影拒否にあった。なかなかの美人なので残念である。

これと同じような格式の店が並ぶのが、右岸の高級住宅地のフォーブル・サントノレ通りだが、なかで一軒といったらブレゾ書店に止めをさすだろう。

というのも、スルジェ書店が「フランスで一番高い店」だとしたら、ブレゾ書店は「パリで一番高い店」として知られ、「客を選ぶ店」として有名だったからである。げんに、私も三〇代に初めてこの店を訪れたときには、慇懃無礼な番頭から「おととい来い」という応対をされて心に深い傷を負った。

ところが、昨年の正月、どうしてもジョルジュ・バルビエ挿絵、マルセル・シュオッブ作の『架空伝記集』を入手する必要があったので、清水の舞台から飛び降りるつもりでブレゾ書店の敷居を跨いだら、なんとも丁寧な客あしらいを受け、逆に、拍子抜けしてしまった。こちらが歳を重ねたせいもあるが、店自体も近代化して、昔のような応対ではやってゆけなくなったのだろう。しかし、そうなると、昔の傲慢な客あしらいが懐かしくなるから不思議なものである。

このように、パリの古書店には足をふくませるほどの超高級店もあるが、蚤の市のスタンドのような庶民的なところもある。まさに、階級社会であるフランスの有り様を古書店がよく反映しているのである。

古書店は、その国の縮図。

これが、五〇年の経験から私が得た教訓なのである。

（『kotoba』二〇一三年春号）

あとがき

これまで、さんざん古書蒐集について書いてきて、ここでこんなことをいうのもおかしなものだとは思うが、私は、人が思っているほどには愛書家ではない。

もちろん、本自体の魅力には敏感だし、紙の手触りを楽しみ、モロッコ革の匂いに陶然となるということはある。だが本そのものを物神化するということはほとんどない。たとえば、苦労して手に入れた本をときどき取り出しては、恍惚として眺めいり、宝物のようにいとおしみ、神のように崇めまつるということは、絶対にないとはいわないが、きわめて稀である。大枚を投じた稀覯本でありながら、本棚にいったん収めてしまうと、その後、何年も手に取らないこともしばしばである。人に見せるために本を開いて、そのとき初めて、オオこんな素晴らしい本をもっていたのかと驚くことも再三である。持っていることを忘れてしまって、同じ本をもう一冊買ってしまうということも一度や二度ではない。『馬車が買いたい!』という本を書いたときなどは、まえもって馬車製造業者のカタログをわざわざ買っておきながら、そのことをケロリと忘れてしまい、馬車の絵を集めるのにずいぶんと苦労したことさえある。ようするに、私は、古書を手に入れることには情熱を燃やすが、古書を所有しているという状態にはほとんど熱情を感じない人間なのだ。

自らを愛書家と位置付けることのできない理由はもうひとつある。それは初版趣味や自筆原稿趣味がまったくないことだ。ボードレールの『悪の華』の初版本が安く見つかっても買うことはまずないだろうし、またボードレールの自筆原稿の類いを見せられても食指をそそられないだろう。つまり、いくら貴重で、珍しいものでも、その貴重さ、珍しさが私にとって意味を持たないものには関心がむけられないのである。この点、私は、有名作品の初版本や、限定何部ということだけに価値を見いだす愛書趣味(ビブリオフィリー)の世界の住人ではない。

ただ、愛書家でないのは確かでも、コレクターであることは認める。しかも病膏肓に入ったコレクターである。あるジャンルなり、ある挿絵画家のコレクションをいったん開始すると、最後のアイテムに「済み」のバツ印をつけるまで、蒐集の手綱を緩めることがない。いかなる困難が前途に立ちふさがっていようと、そんなことはまったく問題でなくなる。時間も手間も、そしてもちろん財源も、いっさい気にならなくなってしまう。もともと、借金にはなれているので、ほとんど、詐欺師まがいの手口で金を工面する。原稿の締め切りが迫っていても、カタログが到着すれば熟読をはじめてしまう。

ただ、コレクターだとはいっても、なんでもかんでも闇雲に集めるというわけではない。趣味にあわないものは、たとえ、完璧の状態の本が、驚くほど安い値段で見つかろうと、けっしてコレクションに加えることはない。一例をあげれば、J・J・グランヴィルの挿絵本は、どれほどつまらぬものでもすべて持っているが、ギュスターヴ・ドレは、かけだしの頃にフィリポンの下で働いていた時代のもの以外は一点もない。ドレは私の趣味にあわない、ただそれだけの理由である。

コレクションというのは、愛情の表現であると同時に嫌悪の表現でもある。なにを選択し、なにを排除するか、それが、すべて自分だけの好悪の基準でできること、コレクターにとっての最大の快楽はここにある。

この点、私は、コレクションというものは、およそ客観性を欠いた、きわめて主観的な趣味の表現だと思っている。というよりも、コレクションというものは、本来はそういうものであるはずではないか。つまり、コレクションというのは、コレクターの個性というものが最大限に現れる、「私」の最も直截的な表現行為なのである。いやむしろ、ある種の創造行為、あるいは一つの「思想」と呼んだほうがいい。なぜかといえば、コレクションというのは、この世に存在しているものを集めることで、この世にまだ存在しない「なにものか」を作り出す行為なのだから。

ただ、そうはいうものの、コレクションというものが、コレクターの純粋な主観だけで制御できる営みだと思っているうちは、まだコレクターとしては駆け出しである。なぜなら、コレクションには、コレクション特有の自動律のようなものが存在していて、これが、コレクションが拡大するにしたがって次第に「意志」を持つようになり、最後には、コレクターを思いのままに動かし、自らを完成させていくことになるからである。それは、ちょうど、なにかを表現しているつもりだった芸術家が、自分を越えたなにか大きなものの表現手段と化してしまうのに似ている。

具体的に説明すれば、それはこういうことだ。

コレクションとは、最初は、基本的に、プラスの方向へと向かって開かれた無限の足算ではなく、ゼロに向かって有限の数を減らしていく閉鎖された引算としてスタートする。たとえば、グランヴィルが挿絵を入れたすべての本や新聞、あるいは挿絵入りのパリ関係のロマンチック本、といったように、一定の有限数からなるコーパス（資料体）を完璧に蒐集することを目標としてコレクションが始まる。

この場合、理論上、完璧なコレクションは可能である。だが、ここに、コレクションの逆説が起こる。コレクションを続けていると、もしやこの世に存在していない本、というよりもまだ存在の確認されていない本があるのではという疑念にさいなまれ始めるのだ。そして、実際、ときどき、こうした有り得べからざる本がオークションに出たりする。そうなると、コレクションは有限だといって安心していられなくなる。

コーパスの壁を破壊するもう一つの要素、それは、互いに無関係に存在していたコレクションのアイテムが一カ所に集められたとたん、一種の共鳴現象を起こすことである。たとえば、グランヴィルの挿絵本というコーパスで蒐集されたものの中で、『当世風変身物語』『動物たちの私生活・公生活』『百の諺』などは、おのずから「動物変身もの」という下ジャンルで一つにまとまる。昔の学生運動的な用語でいえば、一枚岩であったはずの「党」の中に党内フラクションが形成されるわけだ。すると、このフラクションは、《グランヴィルの挿絵》という枠を越えて、他の挿絵画家たちの「動物変身もの」と呼応することになる。こうなると、このフラクションは、フラクションでいることができず、一つの「党」として独立することを要求するようになる。

こうして、コレクションの最初のコーパスは、扉を開いて、他のコーパスへとつながっていく。こうなると、コレクションは有限とはいっていられなくなる。ひとことでいえば、このとき、「閉じられたもの」であったはずのコレクションが、「開かれたもの」へと変わるのである。そして、コレクションが「開かれたもの」へと変化したとたん、それは、すでにコレクターの所有を離れて、別の「なにものか」の所有に帰することとなる。いいかえれば、コレクションに内在する「意志」がコレクターに乗り移って、次々に、新しいコーパスを開かせていくことになる。

かくして、コレクターは、有限の楽園を去って、無限の荒野にさまよいだす。

コレクターとは、常に「党」を開いていくことを運命づけられた悲しき永久革命者の別名にほかならない。

＊

本書は、『ユリイカ』一九九四年一月号から十二月号に連載した「モロッコ革の匂い——古書渉猟」をもとに、これに様々なメディアに発表した古本エッセイを加えて一巻としたものである。

執筆に際しては、たんなる古書蒐集の裏話ばかりではなく、装幀、挿絵、紙、版画印刷技法など、フランス古書の理解に必要な関連事項についても記述するように心掛けた。こうした分野にかんしては、あまり専門書もないようなので、多少のお役に立てるのではないかと期待している。

なお、フランスの古書店については、悪口を書いている部分もあるので、アルファベットの頭文字による匿名表記としたが、それがどこの古書店かどうしても知りたいと思う読者のために、その古書店のある街路名（地方都市の場合は都市名）を付記してある。書かれていることが本当かどうか確かめたいとお思いのむきは、一度脚を運ばれてみるのも一興かもしれない。

『ユリイカの連載にあたっては編集長の西口徹氏に、また本として纏めるについては津田新吾氏に、大変なご尽力をいただいた。記して感謝のしるしとしたい。

（一九九五年十一月二十日）

増補新版へのあとがき

本書を世に問うたのが、十二年前の一九九六年。『ユリイカ』への執筆はその二年前。エッセイに描かれたフランス滞在はさらにそこから十年遡った一九八四年から五年にかけてのことだから、もう、二十四年も前のことになるわけだ。

あのロワールの城巡りの旅行のとき、ホンダ・シヴィックの後部座席に詰め込んだ

『十九世紀ラルース百科事典』の上に坐ることを強いられていた小学校三年生の長男もいまや三十一歳のカメラマンとなり、母親の膝に抱かれていた二歳の次男も二十五歳の広告マンとなっている。

まさに隔世の感があるが、では、本書刊行の後、私の古書狂いが収まったかというと、どうも、そうとは言えないようである。

昨年二〇〇七年にも、四回渡仏し、キロ数に換算すると四百キロ近いフランスの古書を買い込んでいる。

一生は限られているというのに、そんなに買い込み、溜め込んでどうするのかという叱正の声がいたるところから聞こえてきそうだが、これぱっかりは、どうも、業というほかはないようだ。

今回、増補新版を出すに当たって、『ペーパー・スカイ』七号（ニーハイメディア・ジャパン）に掲載された「パリ古書店あんない」を添えることにした。

なお、ジュソーム書店とリヴレリ・ド・ラヴニュの店内写真は、『パリのパサージュ』（平凡社刊）でパサージュの巡礼をしたさいに、カメラマンとして同行した長男が撮影したものである。
新装版の出版にあたっては、青土社編集部の今岡雅依子さんにお世話いただいた。この場を借りて感謝の言葉を伝えたい。

二〇〇八年二月十四日

鹿島茂

新版へのあとがき

鹿島 茂（かしま・しげる）
1949年，横浜市に生まれる。
東京大学大学院人文科学研究科博士課程修了。
現在、共立女子大学文芸学部教授。
専門は19世紀フランスの社会と小説。
『馬車が買いたい！』（白水社）で1991年度サントリー学芸賞，
『子供より古書が大事と思いたい』（青土社）で第12回講談社エッセイ賞，
『職業別パリ風俗』（白水社）で第51回読売文学賞を受賞。
著書に，『デパートを発明した夫婦』『怪帝ナポレオンⅢ世』『悪女入門　ファムファタル恋愛論』（すべて講談社）『パリのパサージュ』（平凡社）『パリの異邦人』（中央公論新社）など。

子供より古書が大事と思いたい

新・増補新版

2019年7月23日　第1刷印刷
2019年7月30日　第1刷発行

著者――鹿島　茂

発行者――清水一人

発行所――青土社
東京都千代田区神田神保町1-29　市瀬ビル
郵便番号101-0051
電話03-3291-9831（編集）　03-3294-7829（営業）
郵便振替00190-7-192955

印刷・製本――ディグ

装幀――鈴木一誌

Printed in japan ISBN978-4-7917-7190-5